匡轶歌 译

美德与恶德

[日] 三岛由纪夫 著

上海三联书店

ふどうとくきょういくこうざ

雅众文化 出品

目 录

一　应当大胆与陌生男人喝酒

　　十八世纪的著名小说家井原西鹤，曾有一部小说名曰《本朝二十不孝》，是戏仿中国家喻户晓的民间传说"二十四孝"所作，故意刻画了一群不孝子的故事。大抵说来，那些孝子贤孙的所谓佳话，读来都无甚趣味，又多半煽情浮夸，有刻意赚人泪水之嫌。是以，在这类题材里，一旦读到忤逆不孝的故事，不仅颇觉好玩，读者更会自我怀疑：本以为敝人已属大逆不道，谁知与书中之人相比，竟也自叹弗如，"咦？原来在不孝这个领域，也是人外有人、天外有天啊！"遂不免生出几分望尘莫及的奇妙感慨。甚至还会自诩，"相较之下，敝人对父母也可谓孝心十足了。"更何况，人先得有自我标榜"不啻为一枚大孝子"的心理动机，才能站在奉行孝道的起跑线上。由此可见，《本朝二十不孝》委实是本开卷有益的好书。于是，我也效仿西鹤先生的做法，按照时下流行的道德教育，比葫芦画瓢，开设了一门"不道德教育讲座"。

　　以上是无聊的开场白，接下来言归正传。最近，某个周末的傍晚，我与工作中的友人，行经一条银行的后巷。

　　正走时，迎面来了三位颇为引人注目的女孩，清一色身穿白色长袖运动衫与紧身裤；发型各异，但皆为时下的流行款；项

1

链、手镯丁零当啷，挂满了烦琐的坠饰……三人约十七八岁年纪，身量、高矮大致相仿，个个是活泼的个性美少女；妆容并不浓艳，颇有行走在都市前沿的时尚丽人之感，难怪惹得路人频频回首。我也难捺心中的好奇，情不自禁把脖子扭过一百八十度，盯着三人来回打量。对方见状，扭过身来，口中竟唤出了我的名字。而我在大饱眼福后，便再度迈步向前走去，谁知身后却传来兴奋的呼喊，三位少女居然追了上来。

我与朋友约好共进晚餐，遂在餐馆门前止住脚步，向三人道了句"再会"。少女口中一面抱怨"真没劲，好无聊哦"，一面就此与我道了别。

用餐时，我嘴上仍念念叨叨，不忘方才的艳遇。友人见状，安慰道：

"不要紧。银座这种地方，但凡碰见一面，就总会再度相逢。"

朋友所言极是。果不其然，晚餐后，我二人去松坂屋逛逛，正打算通过某十字路口时，眼见对面立着三名少女，恰巧便是方才的几位。

"呀，又遇见了。"

"你们去哪儿？"

"去乡村摇滚咖啡馆坐坐。要一起来吗？"

"好啊，好啊。"

三人雀跃着跟随上来。她们天真烂漫的举止，使我不禁有些飘飘然。我对长相没什么挑剔，最爱纯真无邪的女孩。大家先彼此自我介绍。A子眉目间酷似昔日的女星志贺晓子，连下眼眶也描了眼线，五官明艳，轮廓立体，却时时流露出与年龄不相符的倦怠之色。C子有张气质成熟的容长脸。B子最可爱，有几分我初恋情人的影子，性子迷迷糊糊，对人情世故是实打实的一窍不通，只会拼命模仿另外两名损友的一举一动。三人据说都是高中二年级学生。

咖啡馆当日没有安排乡村摇滚的节目，只由一位知名鼓手携爵士乐队进行了表演，令我们略觉扫兴。我向三位少女科普了一条八卦：该鼓手是某当红女星的男朋友。

"咦？干吗这么屈就？N（女星的名字）到底什么眼光嘛？"

"那你呢？中意怎样的男人？"

"当然是英俊的啦。"

"男人不看脸，关键在于内涵。"

"这个嘛，男人还得拥有另一项长处。"

A子拿手指戳了戳C子，两人咯咯爆出一阵大笑。B子茫然不解何故，却也跟着笑了起来。我满脸愕然，与朋友面面相觑。

由于我们这一桌太过吵闹，声量几乎盖过了鼓声，于是乐曲演奏的间隙，店方以广播提醒："在座某些客人谈笑声过于喧哗，演奏中请注意保持安静。"闻言，B子撅起了可爱的小嘴，怫然不悦：

"哎呀，扫兴死了。到这种地方来，不就是图个松放嘛，管这么严做什么！"

前座有几位男学生，闻言便嗤笑起来：

"听见没，她居然说'松放'？扑哧……"

原来，B子把"放松"二字说反了。

这时，B子立刻羞红了脸颊，模样煞是招人怜爱。

3

"方才与我道过再见后，你们做了些什么？"

"就是走在街头，不停挥赶那些前来搭讪的男人呗。"

如此漫无边际地闲聊时，A子对我露出袖口的手毛产生了兴趣。"你体毛还挺浓嘛。"她嘴上说着，随手便揪了几下。见状，B子和C子也不甘落后，纷纷上手揪了起来。少女们好奇又不客气的举动，让我感到怪新鲜的，浑然不觉这样有失体统。

离开咖啡馆后，我又邀请女孩们同去三得利酒吧，三人二话不说，也跟着来了。不巧，却淅淅沥沥下起雨来，为使精心吹烫的发型不致被淋湿，三人慌忙抬手护住了头发。来到酒吧，大家并排坐在吧台边，A子与C子老练地点起香烟，喝起酒来。B子却两样都不在行。

"你们三个，都有男朋友吗？"

"才没有呢！"

不过，就我所见，至少A子和C子，与初见面时的清新印象略有出入。如此一想，我莫名有几分失落。我倒不认为这二人有什么坏心思，只感觉以她们十七八岁的青春韶龄，画着粗黑眼线的眼底，却渗透出几抹倦怠之意。之前活活泼泼、挺胸阔步的态度，与此刻这副疏懒的神色间，存在某种突兀的反差。从旁注视她们灌着鸡尾酒、吞云吐雾的侧颜，不知为何，我心头涌起一丝疼惜与怜悯。成年人并非只一味羡慕青春芳华，个中的苦恼与哀愁，也瞒不过我们洞悉世事的双眼。

不一会儿，A子尝试起了古怪的抽烟方式，将两支香烟设法头尾相接，点燃第二支，嘴巴衔住第一支吸了起来，可半天迟迟吸不到一口烟。B子与C子守在一旁，也替她捏了把汗。第二支

4

烟颤颤巍巍，眼看便摇摇欲坠。

"哎呀，讨厌。软不拉耷，真不给力。没准儿纵欲过度了吧。"

看样子，她由一支疲软的香烟，联想到性事方面去了。话音落，C子轰然爆笑起来。B子先是一脸懵懂，随后便配合气氛似的，挤出了笑容。

此时我的失落之情，油然达到了顶峰。

我面前的年轻调酒师脸上挂着露骨的轻蔑，板起一副臭脸，我点单酒水，他也爱搭不理。我愈发可怜起三位少女了。

走出三得利酒吧，蒙蒙细雨中，我与三人依次握手道别。

"不需要送送你们吗？"

"不要紧啦！"

谁料握手时，忘了是A子还是C子，竟用食指在我手心挑逗地挠了几下，随即便"哧哧"笑得花枝乱颤，吓得我大惊失色：这怎么得了！这是品行不端的女子才会有的伎俩。再怎么闹着玩，也万万不可如此轻浮。再怎么寻开心，这已构成了"快跟我上床"的暗示！

当晚回到家中，我仍有些神思恍惚。莫非最缺心眼，且被耍弄得颠三倒四的，竟是我自己？别看少女们竭力卖弄着蹩脚的演技，可实际上，终究是三个清纯无邪、多少有些恶作剧的小丫头……？

出于成年人的自欺欺人，我由衷地，欣然接受了这番设定。

二 应当打心眼里瞧不起老师

　　我敢断言：对待学校里的老师，无法发自内心抱以蔑视的孩子肯定没什么头脑，长大后，也绝不会有出人头地的成就。话虽如此，诸君不妨细细品味一下"发自内心"这个词。这区区一语，蕴含的千钧之重。

　　时下颇为流行"对抗成人世界"之类的说法。"龌龊的大人""大人不堪信赖""别被大人蛊惑"等等，此类论调层出不穷。这一观念，由文化名人石原慎太郎率先提出，并在大众当中日渐普及。随后，其弟石原裕次郎[1]，又以"暴走""撒野"的狂放作风，晋身为年轻一代的意见领袖。成人们折服于裕次郎的强劲姿态，终于偃旗息鼓，闭嘴消音。而青少年诸君，似乎也借乘裕次郎掀起的风潮，呼朋引伴，汇聚了百万同侪，不再屈服于大人的统治。不过话说回来，愈是这种时候，老谋深算的成人愈是暗地里摩拳擦掌，准备伺机逆袭。这恰恰是看似气定神闲的成人即将亮出实力的时期。睁大眼睛，仔细瞧瞧。裕次郎出演的电影里，成人角色虽多是懦弱无能的可怜虫，但成年人的真面目，却并未暴露在

1　石原裕次郎（1934—1987）：二十世纪日本演员、歌手、主持人、模特、实业家。——编者注

镜头之中。实际上，电影公司的一帮高层，才是真正的大人。通过扮演裕次郎的后盾，而大赚特赚、盆满钵满的，从来都不是青少年诸君，而是背后操盘的大人。

我在第二讲中，打算一面宣扬"应当打心眼里瞧不起老师"的不道德论，一面传授诸君几套对付大人的招数。原因在于，绝大多数的教师都是大人。诸君不妨把学校里的师长，统统视作迂腐守旧、落伍于时代的老古董。当年，我们这一辈人年少时，老师也大抵是些食古不化之徒，对时代的理解，可谓荒唐可笑、令人喷饭。而与其对照，也存在另一群爱赶时髦的"求新派"，那份酸臭矫情，同样令人掩鼻。也难怪大家全部打从心底瞧不起老师。

有一回，某位作风严谨的中等科长（即中学校长，私立名校"学习院"内部对校长的称谓），迈着一本正经的步子走在校园里。哪知冷不丁，从树荫下伸出了一杆可怕的枪管。

"砰！"

枪口喷出一簇火花。中等科长大惊失色，慌忙拔腿逃窜。不料自另一方位的橡树荫下，又探出一管冒着蓝光的枪口，瞄准他的身影，发出一声巨响：

"砰！"

科长吓得狂奔不已，本以为总算突破枪管的重围，逃出了生天，不料转瞬间，便在学生的周密部署下，身子一个腾空，飘然落进了大家精心挖掘的陷阱。原来，表面看似是场枪击，其实是学生兵分两组藏身于树荫，由一人负责以未填子弹的空气枪瞄准目标，扣响扳机，另一人则将摔炮丢至科长脚边，引爆巨响。

数年前，上映过一部引发社会争议的电影《暴力教室》[1]，当中曾有一幕，表现学生将棒球猛然砸向黑板，拍得格外暴烈。回想我辈当年，班上也出现过瞄准老师的背影，朝他身旁的黑板掷飞刀的家伙，简直胆大包天。原来，当老师一向是个"卖命"的行当，绝不是今日才有的现象。

　　此外，还有一桩纯属调皮的恶作剧。我所在的班上，有个脑子傻里傻气的同学，名叫K君。某天上音乐课时，趁老师正从黑板一头到另一头画着长长的五线谱，坐在K隔壁的M君，便开始捉弄他来取乐。M先把手揣进上衣口袋，比出手枪的形状，而后附在K耳边，低声威胁：

　　"喂，把上衣脱掉，不然我毙了你。"

　　"啊！我脱，这就脱！"

　　"动作快点！"

　　"啊！先别开枪。饶我一命……"

　　M褪去了上衣。接着……

　　"抓紧！把衬衣也脱了！"

　　"啊，我脱，我脱。"

　　"裤子也得脱。不然我开枪了！"

　　"啊，我脱嘛。等一等！"

　　如此一来，待老师慢条斯理地画完乐谱，拍打着满手白色粉笔灰，转过身来，会惊见全班制服笔挺的学生中，赫然站着个浑

1　《暴力教室》：1976年上映，由东映制作发行，著名影星松田优作主演。内容描绘调任至私立名校的体育教师，与一群"暴力不良少年"，及学校官僚三方之间的冲突与斗争。

身仅剩一条裤衩，正瑟瑟发抖的傻小子。这，便是M的整蛊手法。

残酷，是少年的一项特长。看似敏感易碎的少年，往往同时也有种"植物性的冷血无情"。在这一点上，少女亦然。怜悯、体恤、恻隐之类的品性，是在成长过程中，伴随着成人式的圆熟心计一同发展出来的。

我恐怕有点离题了。对学生来说，学校里的老师是一种不得不设法逾越的障碍。哪怕为人师表，也并非通晓世间一切。最麻烦的在于，老师尽管也是过来人，从青春期的烦恼中一步步"毕业"，却早已将那番滋味忘却了大半，不可能再重拾当年的心境。

关于青春期的种种感受，诸君远比老师体会深刻。人生，全凭遗忘方能活得轻松。倘若真有一位老师，能对诸君的烦恼甘心奉陪、感同身受，那么老师自身，想必也将陷入成人与少年的矛盾纠葛，最终走投无路，而一死了之。

参照我自身的经验，关于"应该如何过一生"这个问题，必须自己去寻求答案：借助阅读，独立思考，弄明白路该怎么走。想当年，老师基本没给过我什么指点。

渴望获得老师的理解，是一种内心孱弱的表现。对待学生，老师们乐于施以教导，给予训诫，传授知识，付出理解，这固然不错。毕竟，他们的本职便该如此。

但诸君身为学生，若一味祈求大人的理解，或因终究无法获得理解，而耍脾气、闹别扭，或故作叛逆，这充其量不过是懦弱导致的娇纵而已。我想说的是：首先，诸君应当在头脑中设立一个前提："哼，就凭那帮老古板，怎么可能理解我？"在此基础上，更不妨拥有一种骨气："哼，我自然会用功读书，但绝不稀罕被你们了解!"

凡是当老师的,身上往往流露出成人世界的悲惨与哀愁、生活的艰辛与苦楚。倘若有谁的身上嗅不出这股苦寒之气,你大可判定:此人定是个家底殷实的阔少爷。教书匠的西服袖口大多磨得泛毛脱絮,沾满粉笔的白灰。你不妨在心底鄙视:"哼,一股穷酸味!"毕竟,藐视人生、小瞧生活,正是少年们的特权。

对待老师,你们也大可给予一些同情。不妨对他们微薄的薪水,略微抱以怜悯。老师这一群体,是诸君遭遇的所有大人当中最容易对付的种族。关于这一点,万万不可搞错。今后的人生中,诸位不得不面对的大人,可比最恶毒的老师还要难缠几口万倍。

有了这番觉悟以后,诸君亦可出于对老师的体恤,一面在心底瞧不起他,一面尽情汲取他传授的知识。请务必做好思想准备:面对人生难题,不论大人小孩,一律要付出同等单位的相同气力,自己出马摆平。

实际上,唯有斗志满满的少年,才能真正对老师抱以轻蔑。他早已预料,自己未来的敌手将比老师更不好惹。而他,已决意与之一战到底。这是成为伟大人物的先决条件。倘若哪位少年一心以为,世上再没有谁会比老师更了不起,更全知全能、无懈可击,那可不免叫人替他悬心了。但话说回来,若有哪位冒失鬼非但未把不屑之意藏在心底,还言行鲁莽,对老师一味冲撞、冒犯,那么毫无疑问,他依旧只是个懦弱骄纵的可怜虫而已。

三　做人应当多多撒谎

想必诸位都听过华盛顿与樱桃树的故事。大意是：华盛顿小时候，不小心错砍了一株樱桃树，惹得父亲勃然大怒。鉴于他态度诚实，坦白承认："是我砍的。"最终不但没有遭受责备，反而博得了父亲的夸奖。这个故事编织得过于完美，我总感慨：华盛顿能有这么一位好父亲，实属万中无一的幸运儿。换作世间那些不怎么通情达理的父亲，十有八九会给孩子一记老拳：

"原来是你干的好事！"

结局想来不外如此。毕竟当爹的也是一届凡人，未必任何时候所作所为皆如道德楷模。此类故事的可疑之处在于，为了宣扬所谓诚实的美德，不惜引用极为例外的美谈，却企图使听者买单"诚实终将使人受益"。然而，放眼世间，老实人往往以吃亏倒霉者居多。

我也不例外。比起"谎言""欺骗"之类的腹黑字眼，更钟爱"诚实"，它如同刚从洗衣店取回的干净衬衫，散发出洁白的光泽。由于自恋与虚荣使然，我向来自诩正直。可别看老实如我，也不肯吃亏半点。在这方面，可谓与世人无异。

太过实心眼的人，甚至有送命的风险。二战之后，粮食供应严重短缺的年代，一位法官奉行"坚决不吃黑市粮"的原则，最终却因营养不良而死。然而，他的事迹并未换来多少同情，皆因对诚信的恪守，居然是导致他丧命的"直接凶手"，令大家感到心里别扭。

与过去相比，近年来，以心直口快自居的人似乎增加了不少。他们号称："最痛恨说违心话，平生从未撒过一句谎。"原因之一在于，如今粮食丰足，不再有因正直而饿死的顾虑。其次，人类素来忘性强于记性，对自己做下的有失体面的欺瞒之事，总能统统抛诸脑后。

柳田国男[1]先生在其著作《不幸的艺术》中，曾论述过谎言与文学的相关性，更列举了一堆为谎言辩护的理由。他将谎言区分为"有趣且无伤大雅"以及"应当深恶痛绝"两种类型。武士阶层的道德准则过于严苛，对属于前者的欺骗行为也一概予以痛斥，将一切谎言皆视作恶行，使得民间素来流行"说谎不知羞，早晚当小偷"，要么"说瞎话的人死后必下拔舌地狱"之类的劝诫。此外，柳田先生还有这样一段论述：

"只需观察孩童的表现，自然会了解，'欺骗'这种行为原本多么天真无邪。善于说谎的小孩感受力相对敏锐，待人处事更游刃有余，拥有主动影响、改造外部世界的健旺活力。这样的小孩打着灯笼也难寻觅，在学校整个年级当中，往往也找不出一名。当然，倘若每次撒谎都能使目的得逞，便会强化小孩的功利用心，使其捏造、杜撰的技巧愈发纯熟，最终或导致恶性的滥用。但即

1 柳田国男（1875—1962）：日本民俗学的开拓者，号称"民俗学之父"。曾获朝日文化赏，日本文化勋章等。代表作：《远野物语》《桃太郎的诞生》等。

便如此，他们谎言的初衷也是纯洁的。"

我上小学的时候，班上有个朋友吹嘘说，他家院子里有供儿童乘坐的小火车行驶，甚至设有专门的火车站。这个鬼话连篇的虚荣小孩，却是一等一的拔尖生。

诸君不妨编个小谎试试。谎言会自行分裂增殖，一句谎话需得以百句来圆，稍不留神便会吐露实情，使得前言搭不上后语。若想不露出马脚，须得具备超强记忆力，对自己说过的每句话都有一本清楚的账目。脑子不好使的人，可真没有这项本领。

社会上常爆出"婚姻欺诈"的传闻，若仅仅假意承诺结婚，倒也容易抽身。可有的骗子，居然当真举办了婚礼，最后一刻才卷款开溜。这便要求此人小心翼翼、步步为营。诈骗是个相当耗费脑力与神经的事，非得付出大量的精力，怕麻烦的人可干不来坑蒙拐骗的勾当。世间总有人，因为怕麻烦而老老实实说话，本本分分做人；因为怕麻烦，最终一味吃亏遭殃。因此，作为一种"对头脑的开发锻炼"，多说说谎，相当行之有效。

话题不妨折回华盛顿的故事。假如当时他扯谎道：

"樱桃树不是我砍的。"

这样一来，内心势必陷入自责，"我真是个卑鄙的胆小鬼"。这远比据实相告难受多了。华盛顿幼小的心灵，或许深知谎言带给人的折磨，于是才对实情坦白不讳。大抵而言，看似充满勇气的行为，背后的驱力往往是对其他事物的恐惧。全然无畏的人，内心也不存在勇气生长的余地。这种人，只是一味冒失胡来的莽夫罢了。

在恋人面前瞎话连篇的家伙，结局必然被恋人唾弃。人们正是忌惮这一后果，才选择对恋人保持坦诚。不过话说回来，身处热恋中的人素爱伪装自己，拼命展示实际并不具备的美好品质，这也是一种普遍且无可厚非的恋爱心理，即使对真实面目有所隐瞒，人们往往也不感到良心的呵责。是否真诚以待，可见全凭一己之需。但有时选择这么做，出发点也并非全然自私，而是意图维护自身在对方心目中的固有印象，算是照顾对方的感受，才不得已有所欺瞒。有部年代久远的老电影叫《黄昏之恋》[1]，女主角奥黛丽·赫本的大小谎言，便属于这一类型。

我之所以不惜笔墨，极力替谎言辩护，只因如何看待谎言，是诸君从青春期直至长大成年，必须面对的根本性问题。少年难以原宥他人的道德瑕疵，总爱高喊："大人都是骗子！绝对不可容忍！"然而，据我个人的经验，再没有比十几岁的少年更爱极力展现真诚，却总沦于自欺的年龄了——明明心虚志忐，偏要故意逞强，也属于谎言之一种；明明心底爱慕，偏要装出厌弃的神情，也属于欺瞒之一种。随着长大成人，这种自欺的状况才逐日减少。取而代之，开始对他人、对社会弄虚作假、言不由衷。可以说，两个阶段里，撒谎的总量是不相上下的。只是十几岁的年轻人，不愿承认这一点罢了。更为值得惊讶的是，少年们在涉及性欲的问题上，自欺欺人的程度最甚。他们总以为，自己是单纯被性欲驱动的太阳族[2]，实际上，却对精神恋爱如饥似渴。这，

1　《黄昏之恋》（*Love in the Afternoon*，1957年）：由比利·怀德导演，讲述女主角艾莲以捏造的虚假身份，接近一位著名的情场浪子，最终俘获浪子真心，终成眷属的故事。

2　太阳族：日本20世纪50年代流行语。出自石原慎太郎1955年发表的小说《太阳的季节》，指代一类物质充裕、精神空虚的青少年，崇尚性与暴力，生活颓废、享乐、放纵，不遵守社会规则，蔑视宗法纲常、道德伦理。

也可谓是一种不诚实的表现。

　　既然诸君在自欺欺人方面已有一本厚厚的老账，如今再呼吁大家回归真诚，恐怕无异于痴人说梦，索性继续虚伪下去也好。尽管扯谎、诓人总归不算好事，但人生当中，自以为骗术高明的人，也多半会落得为人所骗的下场。

　　"你哄骗父母，说自己是去上学，其实日日在电影院或溜冰场消磨，不觉得问心有愧吗？"

　　这种训斥对诸君来说，想必月月听得耳朵起茧。倘若有胆量撒个弥天大谎，何不试试骗父母自己每天逃课去泡电影院、溜冰场，其实是在学校读书呢？

　　行骗，本质是一种具有独创性的活动。不妨跳出他人的范式，开创属于自己的独家骗术。那些不良少年或罪犯，采取的手法貌似高明，实际却拘泥于固有的套路，要么谎称上学，偷偷去溜冰，要么借口学费上涨了一倍，从父母手里哄几个零花钱。其模式，不外是从冠冕堂皇的小谎起步，渐至破绽百出，最终堕入犯罪的道路。若真有心撒一个惊世骇俗的大谎，就该放弃矫饰与脸面，以肉身的撞击，正面迎接人生给予的诸般考验。换句话说，必须舍得一身剐，成为一个敢于跳出世俗常轨的赤诚之人。

四 应当给他人添尽麻烦再死

我是个小说家，自然善于招惹各种麻烦。但若有人以自杀威胁，那于我而言，还真是惹不起的麻烦。就算对方只是口头上吓唬吓唬，也依旧使我心里发堵。

老早以前，有位青年曾写来这样一封信：

> 三岛由纪夫君（哎呀，你这笔名还真会讨女学生的欢喜呢）：
>
> 我与她已决意要殉情。我二人，乃举世无双的爱侣。
>
> 某天傍晚，我抱着一沓你的作品，正独自享用咖啡时，她走上前来道：
>
> "把你手里那些书，统统卖给旧书店吧！我刚才也卖掉了他的选集。每册值一百五十元呢。"
>
> 不可思议的是，在那个瞬间，我与她全然心照，当即懂得了她的一切。她那自甘堕落的懒散步态，便是悦子（拙作《爱的饥渴》的女主角）的化身。
>
> 我卖掉书，与她步入一家啤酒馆，当场举杯庆祝彼此的死亡。

她已写出了厚达八百页的作品，我却一件作品尚未问世。不过，我可是个艺术家！从十三岁至二十岁，每日都创作不辍。

索性如此断言吧：我将在意识的狂喜中猝然离世。三岁，我便初尝手淫的滋味。四岁，我领教了安德烈·纪德[1]笔下纵情背德的快乐。这全赖我那不称职的奶妈。极度的早熟与过分的晚熟，在我体内奇异地交织，致使我身心交瘁，仿佛自行走的钢丝一个倒栽葱，径直跌落渊底。千万警惕来自年龄的复仇啊！如今在现实之中，再没有一样东西，足以支撑我活下去了。

不妨予你一个忠告。既然你已声名在手，想必极受女人的青睐。纵使你性情偏执，大抵也不会遭女人厌烦。别再写小说啦！休要再借"川端论"之类的无聊文字，来替自己开脱辩护啦！一个字都别再写了。

我不知道，她为何意图寻死。恐怕我俩正是你小说中的男女主角。没错，一对俊男美女的结局必然是双双殉情。既然小说的主角们准备自杀，不跟作者打声招呼，我想未免失礼。

此刻，我正与她沉浸在曼妙的迷醉之中，每当四目相投，便会傻笑不止，食欲也异常旺盛。她提议道：

"你我上路之前，先去见见三岛由纪夫君吧。"

……

1　安德烈·纪德（André Gide，1869—1951）：法国著名作家，1947年诺贝尔文学奖获得者。代表作：《窄门》《背德者》等。

这封古怪的来信，写到此处便没了下文。与我素未谋面的二十岁青年，上来便对我以"君"[1]相称，不仅措辞粗鲁，且语气随便，换作一般人，收到这种信，定会错愕不已吧。而我这种天天跟文字打交道的人，出于职业使然，常在辞旧迎新的喜庆日子收到陌生读者寄来的贺卡，上写："恭贺新禧。你这混账东西，早点见鬼去吧!"所以反倒不怎样惊讶。

被人告知要寻死，已是不胜困扰。对方更留下遗言，要求我"别再写小说啦!"，简直多管闲事。此人还得寸进尺，宣称死前要来见我一面。我又不是意大利的那不勒斯城，美丽到"必须瞻仰一眼，方能死得瞑目"。再说我这张脸，也并非什么值得参拜的名胜古迹。

不过话说回来，论文笔，这封信还真不可多得。一副诗人兰波的派头，文风飒爽，口无遮拦，率直到了令人难以置信的程度。首先，我对他信中提到的"殉情对象"感到无比好奇。这位女子，可谓是女中豪杰。该青年之所以萌生死念，必是受了她极大的影响。她无疑是位文学少女，绝非等闲之辈。

说来，这封信或许只是对方心血来潮写来逗乐的东西，却勾起了我的一连串遐想。

时值盛夏，万物闪动着耀眼的光芒。在一家光线昏暗的咖啡馆里，初次见面的少男少女，莫名感到一拍即合，口中舔着冰激凌，聊得热火朝天。直到这一刻，仍是都市里随处可见的平常光景，毫无稀奇之处。

---

1 日语中"君"一般是长辈或前辈对晚辈的称呼，而读者用"君"来称呼作者显得十分粗鲁无礼。——编者注

忽然，少女开口道：

"好想死啊！我真想死。"

这也是年轻人常见的心理。非要追问出一个理由，"为什么想死？干吗想死？"恐怕也得不到正经答案。对方顶多回一句：

"刚才飞进来一只蛾子，它身上的鳞粉不是落进了我的水杯嘛。看到那些银色的粉末，突如其来，就萌生了求死的念头。"

抑或是：

"这阵子，我的大腿粗了好多。和朋友试着量了一下，结果我比她足足粗了五公分。这样下去，我会胖得丢人现眼。不如趁自己最美的时节，早点死掉才好。"

又或是：

"早上醒来，我忽然意识到，房间里到处布满了自己的指纹。每一样被我碰过的东西，都沾染了指纹。啊，人类可真污秽！一想到这里，真恨不能早早死去。"

追问的结果，恐怕只会得到这类荒诞不经的回答吧。

而另一边，如同打喷嚏或打哈欠会传染，少年也忽然冒出了想死的念头。"我们去死吧！"这句话正如"咱们出国吧"，或是"买架飞机吧"，原本内心坚信绝无可能发生的事，谁知嘴上一再重复，竟渐渐觉得有了可行性。单是动了一点心思，世界便仿佛染上了一层玫瑰色。上一刻还愁云惨淡的两人，逐渐活泼起来。走出咖啡馆，并肩举步在街头，一想到即将结伴殉情，便油然升起一股居高临下之感。此时再看街上的行人，个个都是心智蒙昧，比自己低级几等的彷徨众生。

反正早晚终有一死，索性死得轰轰烈烈。正值二十来岁的好

19

年华，从未干过什么罪大恶极之事，与其今后寄生社会三四十年，不如现在便给社会添个大麻烦。比如住进高级旅馆，搞一票"炸弹式自杀"，把好容易才刚落成的新馆，陪自己一同炸成碎片，也是不错的玩法。

……如此盘算着，两人的思考逐步转向，从自身的死，切换到了对他人与社会的影响层面。原本单纯的自杀殉情，渐渐变成了面向社会的态度宣言。也就是说，愈发趋向于祸害社会了。

"临死之前，去瞧瞧咱们喜欢的小说家是什么尊容吧！"

"临死之前，盗用店里的公款，狠狠挥霍它一百万吧！"

"临死之前，把那家可恶的水果店，放火烧掉算了！"

"临死的时候，杀五六个人来垫背好了！"

就这样，两人将自身的死，当作自我辩护的最有利盾牌。自杀原本应是一种自我圆满的手段，可思路一旦转换成"必须给他人添尽麻烦再死"，自杀的意义却渐次稀薄，沦为了荒唐离奇、骇人听闻的社会性行为。光是谋划一番，便麻烦到教人再也提不起兴致。

到了这个地步，倘若竟有那迟钝的少男少女，依旧兴致不减，当真挪用了店里的公款，或杀人垫背，那么他们的自杀，便背离了原本纯粹的初衷。最终，纵使二人真敢将自杀付诸实行，充其量也是为了逃避内心的恐惧，以最缺乏魄力的一种形式，草草了事而已。

综上所述，反正是考虑寻死，不妨策划些声势浩大的死法，尽可能死得惊天动地，给他人多多制造些麻烦。这，便是我推荐的"自杀预防法"。

五 关于偷窃的妙用

在古希腊的斯巴达城邦，少年们的偷窃行为往往会得到奖励。正如诸位所知，斯巴达是个全民尚武的国家，而这种鼓励偷窃的制度，据说是一种训练手段，借此培养士兵的敏捷反应。实际上，战争本身便是一场由国家实施的"窃国之举"。斯巴达素来崇尚此道，那么对待个人生活中的偷窃，自然也是持肯定态度了。总之，希腊人的想法，确实有它一以贯之的逻辑。

据某位伟大学者的理论：自古以来，各民族道德观念的渊源，可笼统划分为两大类：罪感文化与耻感文化。前者以基督教道德观为代表，扎根于罪疚意识、良心谴责等，一些表面无法观察到的深层精神纠葛；后者则以古希腊道德观为代表（日本的道德传统与此类型完全一致），重视羞耻心、颜面、体统等世俗规范，通常来说，只要行为举止不丢面子或遭人白眼即可。至于偷窃行为，在古希腊人看来，只要动作麻利，干得聪明不露马脚，不出什么闪失，以致被人抓包，便符合基本的道德要求。

有一则著名的英雄传说《斯巴达少年与狐狸》，讲的便是这个道理。一位斯巴达少年为了逞英雄，偷了某户农家的狐狸。不料引来一群农人紧追不舍，最后终于将他拿住了。少年慌忙把狐狸藏进衣服下面，只听众人喝问：

"小兔崽子，是你偷了狐狸吧？"

"哪有，我没偷！"

"撒谎！明明就是你偷的。"

"我没偷！"

正当少年矢口否认时，狐狸在他肚子上狠狠咬了一口。少年死命忍住疼痛，咬紧牙关强辩：

"说没偷，就没偷！"

话音方落，狐狸便咬穿了他的肚皮，痛得他大汗淋漓。饶是如此，他却依旧嘴硬，继续犟道："没偷，就没偷！"最后，终于倒在地上丢了性命。

到了这一步，哪怕是偷窃，也成了令人起敬的英勇之举。人们遂因少年的坚忍，将他奉作了英雄。

以当今的眼光来看，此事未免略显荒唐。不过它也说明，既然打算做贼，就要干得漂亮，力争成为个中翘楚。法国有位大名鼎鼎的小偷作家让·热内[1]，曾根据自己的盗窃经历，创作过大量优美如诗的作品。当他走红文坛后，受邀至文人朋友家做客，仍改不掉小偷小摸的毛病，会顺手牵走值钱的物品。让·热内将"做贼"这种穷途末路的窘迫体验，作为个人跃迁的跳板，经由写作，完成了自身的升华。萨特曾对其不吝赞美，赐其雅号"圣热内"。日本高僧亲鸾上人亦有训诲：比起半吊子的道德家，反倒是彻头彻尾的恶棍，尚余一丝救赎的指望。

1　让·热内（Jean Genet，1910—1986）：法国著名小说家、剧作家、诗人、评论家，早年是流浪者，曾因盗窃而被捕。代表作：《小偷日记》《鲜花圣母》等。

本讲座虽高举"不道德教育"的招牌，但我终究不至于教唆诸位去当小偷。要知道，做善人固然不易，当小偷同样难上加难。若想成为斯巴达少年、让·热内，或石川五右卫门[1]那样的盗贼，比当上日本这种三等国家的总理大臣，更需要舍生取义的觉悟以及天赋的才能。没有这份决心与禀赋的小毛贼，充其量只会给报纸的社会版增添一点噱头或笑柄，绝对成不了大气候。毕竟，也不是张三李四、阿猫阿狗，谁都有本事当上大作曲家或江洋大盗的。近年来，时常爆出日本商品盗用外国设计创意的丑闻。这种剽窃行为，也是将一流的"偷盗精神"践踏在地。自古以来，日本的政府与军队在偷窃方面，一向表现得比较蹩脚。像全球第一大盗——大英帝国窃取印度那样的"宏图伟业"，对日本来说，从来只是"春秋大梦"。

在我以往听过的窃贼故事中，唯一令我对其手法之聪明赞不绝口的，当属中国台湾的"偷糖贼"。据说，某些养蜂人会将蜂场设在制糖厂的仓库附近，这样一来，不必自掏腰包买糖，也能酿出蜂蜜。况且，派蜜蜂悄悄作案，神不知鬼不觉，谁也别想逮到把柄。

事实上，近来的"行窃之道"，水准也一落千丈。干偷盗这个行当，须有数倍于他人的聪明才智，可如今那些不上道的小毛贼，居然脑筋也不肯动一动，只想从中捞取好处。简直服了！此外，思谋缜密、讲求合理性的盗贼，必然会仔细掂量到手的钱财与犯下的罪行之间，是否有划算的投入产出比，而现今那些傻头

---

1 石川五右卫门（1558—1594）：日本安土桃山时代的盗贼，因劫夺丰臣秀吉的财产，被秀吉烹杀。

傻脑的笨贼，却压根不考虑这些问题。蠢到家矣！从这层意义来讲，草包中的草包，当属汽车劫匪。为了区区三百元，不惜欠下杀人的血债，到底是什么脑子！这种下三烂的腌臜货，真可谓行业败类。

如今的大教育家总不断强调，要力抓品德培养。但在我看来，整顿善的秩序之前，应当先立好恶的规矩。当下社会的种种危机，多半缘于"为恶之道"的溃乱失序。昔日的黑道老炮儿，从不去惊扰普通百姓，今天的地痞流氓，却不分青红皂白恣意砍砍杀杀；昔日的盗贼，绝不会为了一点蝇头小利杀人越货，可瞧瞧今天的汽车劫匪，有多无法无天。

我认为，应当恢复斯巴达少年那样的素质训练，由政府开办一系列国立偷盗学校、国立杀人学校、国立流氓学校等，切实传授"为恶之道"，导入严格的筛选机制，把那些不开窍的榆木疙瘩淘汰掉！如此一来，目前为害社会的小毛贼，估计一百人里九十九个将被劝退。既然拿不到做贼的资格，他们渐渐便会破罐破摔，走投无路之下，只好做回安分的良民。届时，善良民众的数量，大概会暴增至如今的好几倍吧？

说来，别看我是个摇笔杆的，过去也小小干过一票偷窃之事。我说"小小一票"，却并非不吭声揣走咖啡店的烟灰缸那种不成气候的小打小闹。我顺走的，可是一支正牌纯金派克钢笔！

反正早已是五六年前的事，我就不打自招好了。有天，我在某剧院的走廊里，碰巧遇到了一位相熟的电影女星，便站下来与她寒暄了几句。当时恰逢戏刚散场，如潮的观众从影厅里纷纷涌了出来。谁知有个姑娘一眼瞧见了这位女星，兴奋地大叫：

"哎呀！这不是X子小姐嘛！"

说着，便手举签名本挤了过来。见状，四五个影迷也"呼啦"一下围了上来。不巧，女星身上没带钢笔，便推辞道：

"不好意思，我今天没带笔。"

这其实是女星婉拒签名的借口。不料其中一人麻利地掏出一支纯金派克笔，递到她面前：

"用这支吧。"

记得当时，不出片刻工夫，原本的四五个影迷，就不知不觉增加到了十五六人。女星应接不暇，拿着那支派克笔签完了一个又一个。而拿到她签名的姑娘，也心满意足地相继告辞。当人潮散去后，空荡荡的剧院走廊里，只剩下女星孤零零一人，手中仍捏着刚才那支派克笔：

"咦，这笔是谁的来着？"

她环顾四下，到处不见人影。而我忽然动了贼心：

"算了，我帮你收着吧。"

说完从她手中抽走钢笔，塞进自己的口袋，转眼便把这事忘得一干二净。个把钟头之后，我和那女星随同一帮朋友去夜总会喝酒，正玩得热闹，忽觉口袋里有东西沉甸甸的，伸手一掏，原来是方才那支钢笔。

于是我将金笔高高举起，向大家讲明了来龙去脉，骄傲地宣示了对它的主权。这次顺手牵羊的行为，使我一整天都心花怒放、幸福感爆棚。就算失主读到这段话，上门索要说："快还给我！"我也绝不肯物归原主！

六　处女是否合乎道德?

很久以前，我曾听过一件事。二战发生前，社会上已充斥为数不少的太阳族。夏日期间，某些富家千金会与男性友人待在避暑胜地的旅馆里，随心所欲，寻欢作乐。其中有位千金小姐仍是未经人染指的白璧之身，遂成了"群狼"集体觊觎的猎物。某晚，不善饮酒的处女被强行灌醉，在旅馆房间内，被一名青年侵犯了。

故事进行到这里，尚还是司空见惯的情节。谁知，男子许是太过年轻，竟压根未能成事，便草草收了场。对男女之事一窍不通的千金，次日清早醒来，还一心以为自己失了贞。其后不久，便有人家上门提亲，女子遂与别的男人订下了婚约。眼看好事在即，她心中唯一的忧虑却是，自己已非完璧之身。女子郁郁寡欢、日夜愁闷，到了精神错乱的地步，以致险些寻死。却何尝料到，洞房之夜，新郎一窥之下，发觉新娘守身如玉，感动得连连表白，惊得女子是目瞪口呆。

事情来到这一步，再去探究女子在肉体或生理层面算不算真正的处女，已无太大意义。事实上，她可谓已两度失身：第一次，在精神层面；第二次，在肉体层面。更何况，当第二次"生理性失贞"发生时，她岂止在心理上已笃定不属于处女，同时也懵然不知自己尚未破处。

　　过去年代,常有一种"半处女"的说法,指那些身体虽未"拆封",实际早已"阅人无数",内心熟谙男女之事的女子。

　　人类同时拥有肉体与心灵的双重属性,实在是个麻烦的物种。方才这位富家女的故事,也是由精神与肉体的双重误解所构成。人这种动物,若不是对自己的肉体存有误会,便是对精神存有误会。反之亦成立。而"处女"这个词,原本属于生理学术语,仅具有肉体层面的含义。企图用它从道德层面来约束人,终归是行不通的。反正,我不会去指责一个女人"她早就不是处女之身了,道德上存在污点"。

　　顺便提一句,肉体方面的误解虽完全得以避免,但精神层面却误解重重的例子,那便要属娼妓了。她们明明十分清楚,自己只是出售身体,但与此同时,却总将自我与人格,统统拘禁在"卖春"这一身份认同里,对自己生而为"人"的意义,以及生命的可能性,做出错误的限定。

　　而处女的情况,则恰恰相反。例如方才提到的富家女。容易在肉体层面产生误解,是处女的一项特质。自己到底算不算处女?处女膜是否完好如初?仔细想来,在这个问题上终归有点存疑,没什么确切答案。自己的肉体究竟具有怎样的意义?即使查阅书籍或请教他人,也依旧一头雾水。不过话说回来,在精神层面,她们就笃定多了,绝对没什么误解。任何一位处女,无论样子美丑,都深信自己前程似锦,拥有不可限量的未来。

　　如此说来,在古代,处女与妓女之间,其实存在某种密切的相关性。

据古希腊历史学家希罗多德记载：公元前五世纪，古巴比伦的每位妇女，一生之中必须有一次，前往供奉爱欲女神阿芙洛狄忒的米丽塔[1]神庙，与一名将硬币抛至她膝上的陌生男子交媾，以献出肉身的方式来祭祀女神。"喜舍金"无论多寡，女子皆无权拒绝，而这笔钱，也将作为香资捐献给神庙。通过向陌生男子卖身来供奉米丽塔的女子们，到此才算完成了对女神的侍奉，回到家中继续守贞如玉地生活。

同样的"神圣卖春"风俗，也存在于古希腊克里特岛的阿芙洛狄忒神庙。

另外，关于处女，还有这样一则传说。

古代斯拉夫民族的女子，尽管婚后必须为良人恪守贞操，但未出嫁的岁月，却允许和心上人尽情欢好。于是，一对新婚男女在洞房之夜，丈夫若发现妻子仍未破处，据说往往会气愤地斥责：

"你身为女人，但凡有丝毫可取之处，必定会吸引其他男人的追求。可见你多么一无是处！"

而后，他会将新婚妻子逐出家门，甚至与之离婚。

反之，另一些原始民族当中，却存在极为强烈的贞洁观念。例如大溪地岛的土著人，不仅会对未婚少女的品行施以严格的监管，将她们严密守护起来，以防犯下失身之过，甚至连男子也笃信，假若婚前能禁欲一段时间，避免发生性行为，死后必能立即往生极乐净土。

大体而言，重视处女贞操，属于基督教的文化传统。基督教

1　米丽塔：Mylitta，古代亚述人对生殖与丰产女神的称呼，古希腊的爱欲女神阿芙洛狄忒则脱胎于此。

不仅具有童贞信仰，且对人类的性欲本身表现出极大的憎恶。毕竟，将童贞奉作圣洁的象征加以推崇，则必然将一切情欲视为不洁之物而倍加践踏，否则道理上便难以自洽。单就这一点来说，基督教的教义确实有其逻辑通顺的一面。

基督教奉行的禁欲主义，在极端情形下，甚至有股荒唐的漫画感。例如，七世纪中叶英格兰的著名僧侣圣亚浩[1]，为了彻底消灭情欲，想出了一些滑稽可笑的办法。

那便是：每当深陷欲火、难以自持时，他会故意安排女人陪坐或睡在自己身旁，直至再次找回内心的平静。这种方法据称十分奏效。他的出发点是：欲望的恶魔看到他的这种表现，会以为"这家伙竟对女色如此愚钝，可见已百毒不侵"，索性放弃了诱惑的企图。

另一方面，历史上还存在所谓的"初夜权"制度，主要由部落酋长或一国的君主行使这项权力。据说直至十九世纪，俄罗斯的某些地主仍坚称对领地内的处女拥有初夜权。

关于处女的奇谈异闻，可谓数不胜数。

由君主与祭司行使的初夜权，源自对童贞的尊崇与膜拜。与此同时，各民族之中，也存在视童贞为禁忌的思想。印度的果阿邦（Goa）或朋迪榭里（Pondicherry）等地，曾盛行使用圣物或器具对女子进行"破瓜"仪式，意义类似于男性的割礼。还有的民族认为，倘若男子不慎与处女交媾，即使天气严寒，也须得赶紧跳进海水中清洗身体，否则将会染病而亡。另外，一些澳洲中

1　圣亚浩（Aldhelm, 639—709）：英格兰七王国时代韦塞克斯的天主教神职人员，后晋升为薛邦尼主教。

部的土著居民相信，新婚的丈夫把新妻迎娶入门之前，须用木棍对其进行破处，否则很快便会大祸临头。

我之所以从各类书籍中，摘选出形形色色的珍闻趣事呈给诸位阅览，是希望大家能借此明白：关于"处女"这一议题，在不同的时代、不同的民族当中，存在大量以现代人的社会常识，所难以想象的迥异风俗。

下次讲座，我决定把目光投向"现代社会的贞操观"，尝试探寻不道德教育的根本性目标。因为单凭本讲内容，想必诸君对处女的道德判断问题，仍感到茫无头绪、无所适从。

七　处女与否，并不是问题

近年来，"处女""纯洁"之类的词汇，似乎在各种场合被用到了泛滥。即便在声色场所，陪酒女郎也惯于开这样的玩笑：

"今天人家还是没开过单的处女哦。"

另外，在某些青春少女之间，还流行一种令人称奇的观点："和讨厌的男人哪怕只睡一次，也属于失身失节。但与两心相悦的男人，纵使夜夜欢好，也依旧是白璧无瑕的处女。"由此看来，"处女"一词的真正含义，其实等同于"自由意志"。这是一种勇气可嘉的精神至上论：只要个人的自由意志不遭践踏，便能永葆纯洁。至于肉体层面是否为处女，并不构成什么问题。

昔日，曾有一支民俗小调，如此唱道：

露水炫耀它与芒草双宿双栖，
芒草却总爱矢口否认。[1]

表面看来，歌词讲的是"和讨厌的男人睡觉，不值得夸口"。

1　江户时代流行的三味线小曲，歌词委婉暗示了男女之间的情事。露水代表男子，急欲挑明恋情及对女子的占有，而芒草代表的女子，对此却羞于承认。

实际上，等于是在宣告"所有的女子皆是处女"。

古希腊浪漫小说《达夫尼斯与克罗伊》[1]中，当处子达夫尼斯与处女克罗伊终于将要同床共枕时，却懵然不知该如何行房，摆弄良久总不得要领，于是倍感丧气。末了，在一位夫人的启蒙之下，达夫尼斯才总算掌握了男欢女爱的技法。我也曾在日本的小说中，读到过类似的段落：盛夏夜，一对情侣得以在一顶蚊帐中同眠，可惜两人在性方面仍是零经验的白纸，欲行好事，却始终不能遂愿。许多新婚不久便由于性的无知，提出一些从科学角度看来荒唐无稽的理由，而闪电离婚的夫妇，其实在成婚之际，双方都还是童贞状态。时至今日，还常有耳闻：某些无知的丈夫娶了处女为妻，居然担心对方是否有什么身体缺陷。

在美国，情侣间的拥吻、爱抚等亲密习惯，已相当普遍和日常。比起失贞的恐惧，女孩更害怕的其实是怀孕的风险。在美国大部分地区，人工流产都属于违法行为，导致十几岁未成年人早婚的情况十分常见，即所谓"奉子成婚"。其中，多数是在女方的逼迫、威胁下步入婚姻，为将来的关系破裂埋下了祸根。这类

1　《达夫尼斯与克罗伊》：古希腊诗人朗高斯的三段式田园牧歌小说，描写了公元2世纪的莱斯博斯岛上，两小无猜的牧羊人达夫尼斯与牧羊女克罗伊的爱情故事。大致情节为：出身富贵之家的男孩达夫尼斯与穷苦人家的女孩克罗伊，幼年时皆被亲生父母不慎搞丢，由捡到他们的农夫家庭收养。大自然与牧羊的短笛声，从此成了二人心灵的共鸣。随着年龄增长，达夫尼斯与克罗伊的童年之爱发展为男女之爱，二人决定结婚，却得不到养父母的认可。在一个风雨之夜，为追求爱的自由，二人逃至深山，自行举办了婚礼，却不知如何过夫妻生活，于是一直保持着童贞，不想为性欲伤害对方。最终，爱神下凡，启发他们裸体与性欲乃自然之美，彼此真诚相爱的性欲不是伤害而是幸福，教会了他们如何享受性的乐趣。

情形,但凡看过电影《兰闺春怨》[1]便会有所了解。我也曾听说这样的事例:美国学校的女生宿舍里,与男朋友大摇大摆、出双入对的女孩,却在夜深人静时因担心怀孕而辗转难眠,把朋友也闹腾得不得安宁,末了才证实压根没有怀孕,不禁欣喜若狂,将枕头抛向天花板,甚至手舞足蹈起来。女人这种生物,从初来人世的婴儿到行将入土的老太婆,一生拥有无数个阶段。纵是一口定性为"非处女",所谓一时"行差踏错"的非处女,和"阅男无数"的非处女,两者间也有天壤之别。即便视处女为神圣的化身,单单看重生理意义上的贞操,也是大错特错。女性的神圣本身,也分为若干个层级,存在各种微妙的区别。

以前,我曾写过一部话剧,名叫《蔷薇与海盗》。描写女主人公只因遭遇了一次强暴,便不幸怀上了孩子,从此再也不肯委身于任何男人。据说,这位女子的态度,在好多观众眼中显得古怪又矫情。但我身为作者,却丝毫不觉有何离奇之处,甚至认为女子的想法,不如说相当科学,且合乎情理。

前阵子,某八卦小报刊登了一则告白文:一名女子先是失身于某电影明星,后又遭对方抛弃,于是便借由与男人滥交,以图报复,谁知不仅未能获得解脱,却陷入对男明星愈加无法自拔的恨意。女子的做法,真可谓愚蠢透顶。对那位遭她憎恨的男明星来说,也是一场无妄之灾。

---

1 《兰闺春怨》(*Come Back, Little Sheba*,1952年):讲述一对原本生活幸福的夫妇,因妻子怀孕,丈夫为了增加收入而不得不放弃了挚爱的事业,最终不但孩子夭折,妻子更丧失了生育能力,丈夫终日借酒浇愁,同时渐渐被美丽的女邻居吸引,夫妇关系跌落至冰点的故事。本片主演曾获第25届奥斯卡金像奖最佳女主角奖。

起初女子失去的，只是一层生理意义上的处女膜而已。结果，她却主动将心中的那道"膜"也一并放弃了。其实，即便失去了前者，也没必要连后者一同失去。《蔷薇与海盗》的女主人公尽管失了身，却下定决心，要遵从自身的意志，绝不丢掉心灵的贞操。

肉体的失贞，不过是一次意外事故罢了。而失去后者，究其根本，其实是任凭自己的心智，败给了世间的猥琐常识。世人总道"女人一旦失贞，便成了污秽之身"，面对这种低级观念，女子却主动选择了屈服。

所以，若有哪位女子为一次失身耿耿于怀，本人愿奉上一点忠告：别再闷闷不乐了，快把这点破事抛之脑后吧。千万莫被低俗小报的生理学专栏洗脑，去相信什么"难以忘怀自己献身过的男人而终日悲叹"的鬼扯。只需认定自己心灵上那道"膜"依旧完璧无损，尽可能在结婚之前谨言慎行，绝不要向他人或丈夫透露此事，一辈子守口如瓶，让它成为永远的秘密。

上帝造人可谓高明，处女无论从肉体或精神上，都如金城汤池，难以攻破。除非遭遇强暴等犯罪行为，处女膜基本很难破裂。

最近，我听到这样一则传闻：有位男子迷上了某间酒吧的未成年女服务生，待店家打烊后，便邀请女孩一道去夜总会跳舞。夜深之际，他借口"肚子饿了吧？去吃碗茶泡饭好啦"，遂带着她进了一家日式旅馆。女孩神色如常，满不在乎地跟着来了，并未流露出感到困扰的模样。

女孩虽出身贫寒，却穿了一件款式简洁利落的衬衫，搭配一条略显成熟的紧身裙，曲线玲珑有致，散发出性感的风韵。男子当初之所以留意到她，也是因为有一次她在酒吧的大镜子前跳舞，

34

望着自己映在镜中的身影，款款摆动腰肢，露出风情万种、仿佛阅尽天下男人的妖冶姿态。看情形，她似乎对自己荡妇般的举止颇为陶醉自得。

待到两人独处时，男子吻了她。女孩却没有任何回应，反倒将脸撇到一旁，口中催促：

"哇，我肚子好饿。"

"别急嘛。我马上叫人送茶泡饭来。"

"可人家当真饿得要命啊。"

男子伸手欲解女孩衣服背后的挂钩，不料，她忽而像个发怒的小兽，仓皇跳开，厉声拒绝：

"别这样！人家不喜欢。"

男子以为大约是惹恼了她，谁知下一个瞬间，她又恢复了淡定自若的神色。

男子见状放下心来，又伸手去扯女孩的裙子，骤然间，她却仿佛一团点燃的烈火，面色如金太郎[1]般涨得通红，怒斥道：

"讨厌！放开我！"

女孩的情绪来去自如，上一秒还冷冰冰拒人千里，下一秒又若无其事哼起了爵士小曲。

男子试探性地邀她一同旅行，她马上笑逐颜开，一口应承：

"好开心！好高兴哦！我还从来没去过箱根呢。回头编个好理由瞒住家人，我一定跟你去。"

女孩严防死守的姿态，如此发乎本能；跟随男人上旅馆时，

---

1 金太郎：日本民间传说中体态肥胖，浑身上下红彤彤的人形怪童。

满不在乎的态度，却又一派自然。使得男子无所适从，不知该如何出招，只得打消念头，败兴而归。

"她肯定是个处女。"

每逢这种时候，男人必定是这种论调，仿佛将"处女"二字，当作口头授予女人的荣誉勋章。可是要知道，在生物界，唯有人类和鼹鼠，才有处女膜这种莫名其妙的东西。

八　尽早甩掉处男的包袱吧

曾有人向先代的松本幸四郎[1]打听：

"先生是在几岁时失去童贞的呢？"

"哎呀，承您关心。我这个人，与大家相比太过晚熟，真是不好意思启齿啊。"

幸四郎迟迟不愿作答。

"晚熟也不要紧，大约是在何时呢？"

此人仍追问不舍。

"哎，太晚了，不好讲哪。"

幸次郎仍不肯痛痛快快回话。最终，拗不过对方锲而不舍的劲头，才搔着头皮，一脸难为情地透露：

"老实讲，是十三岁那年。"

这个回答何其漂亮。但话说回来，当年的歌舞伎演员，据说颇受年长女戏迷的追捧，多数人失去童贞的年纪其实更小。今时今日的少年人总爱炫耀自己初尝禁果的年纪，但在歌舞伎前辈面前，恐怕也要自愧弗如。

1　松本幸四郎：日本著名歌舞伎门派，"松本流"的掌门人称号。第九代幸四郎为藤间昭晓。第十代为其子藤间照薰，又名市川染五郎。其女为著名女星松隆子。

川端康成曾在小说中描绘过一个美丽场景：少年深感处子之身是一种负累，便面朝月亮高喊："我要把童贞献给您!"其实，如此沉重又累赘的包袱，不如早早扔掉更好。

有时，青少年杂志的"心事悄悄话"栏目，常爱刊登题为《被夺走了童子身》之类的读者信，话里话外，不惜将对方女性形容为"邪恶的魔女"，实在是错得离谱。愿意取走少年童贞的女人，其实堪比女菩萨。在这方面，法国人的观念无疑开放得多，甚至拍了不少描绘"童贞窃贼"的浪漫影片，例如《魂断黄河情未断》[1]等。

不过，论起破除童子身的机会，若是搁在早年间，大学男生人人出入青楼的时代，自然不在话下。而如今，红灯区早已废除，每个人摊到手的机会并不均等，就需要各凭本事了。将来，对男性来说，相较于形象的美丑，魅力的多寡给人生道路带来的影响恐怕更甚。而这，才可谓是天赐良机。若有谁居然拿"童子身"作为卖点，向女人表白"我要把童贞献给您"，绝对是赤裸裸的谎言。我曾听说，有位旧皇室的殿下，与某公主订立了婚约，在宾朋云集的酒会上，竟公然宣称"我还是个处男"，使得素日熟知他品行的老同窗们辛苦憋笑，险些喷饭。实际上，殿下一向穿梭花丛，早已是泡妞达人。

不过，这已是昔年的旧闻。现如今，纵使尊贵如公主，寻觅夫婿的条件，也不至于苛求对方非处男不可了。男人的童贞，早

1　《魂断黄河情未断》（*Le Ble en Herbe*，1954年）：根据法国女作家柯莱特的小说《绿麦》改编，克洛德·奥当·拉哈导演。讲述了一战之后，在法国北部某海滨避暑地，17岁的少年菲尔由一位中年夫人启蒙，而初尝性爱滋味的青春故事。

已成为毫无交换价值的旧货币（女性的贞操作为硬通货，倒是依然在市面流通）。尼采曾在《查拉图斯特拉如是说》中谏言：

"难守贞洁的人，应劝他放弃贞洁的念头。免得贞洁成为走向地狱的道路。与其使贞洁沦为灵魂深陷的泥途或一条淫欲之路，不如趁早将之抛却。"

此话可谓是实实在在的真理。男子在尚未破身之前，个个心存污秽，满脑子装的皆是猥琐妄念，根本无暇葆有澄明的心境。

不过话说回来，男人破处的情形，还真是百人百态。有位二十九岁才迈入婚姻的旧同窗，曾向我求教：

"说来羞煞人，其实，我至今仍未碰过女色。究竟该怎么做，你可否指点我一二？"

闻言我大吃一惊，没想到他竟这般洁身自好。话虽如此，许是魅力不足的缘故吧，我自己破处也相当晚，这成了我人生的一大憾事。回首平生，我并未从"处男"这种身份中，收获过一丝甜头。

归根结底，男人一生中最大的悲剧，便是对女性的本质存有误解。越早放弃童贞，就越能从这份误解中及早醒悟。对男人来说，这是树立人生观的第一步。忽略这一步，或马虎以对，建立了扭曲的观念，便会给日后的人生留下畸形的阴影。

在红灯区被废止的今天，男人选择给自己破除童贞的对象，确实不太方便，但还是尽量避开处女为好。再没有比处男处女更无聊、更使双方败兴的组合了，彼此都无法从对方身上获得任何好处。不过，世间也常见一种现象：在性事上富有经验的熟女，往往尤为青睐"鲜肉"的童贞，甚至有一类专门嗜好"吃嫩草"

的族群。对这类女性来说，如今正是挺身而出，踊跃践行菩萨道的好时机。希望她能有以一挡百，甚至一挡二百的觉悟，以调教天下童男为己任，凭借一人之力，多多破除童贞。

只是，对这样的女菩萨，我有一句警告奉上：男人的性欲，并不只为满足女人的自恋，同时，也为满足个人的自尊而存在。这一点，千万莫要忘记。

对这支"女子挺身队"[1]，我必须给予一些训示，望各位周知：童贞少年的自尊心，远比少女更脆弱敏感，易受伤害。对待未开蒙的少年，请务必小心维护他们身为男性的尊严，态度应亲切、贤明，行事须熟练、沉着、冷静，切不可卖弄具有侮辱性的言辞。诸位姐姐的只言片语，往往会左右一个男人这辈子的女性观，及人生观。考虑到这一点，请诸位万万怀着菩萨心肠，践行菩萨之道。

接下来，也要给各位处男奉上几句提醒：诸君切记，世间假意"吃嫩草"的女人，其实数不胜数。这类女性，才是名副其实的"魔女"。她们绝对无意取走诸位的童贞，往往诱惑你到只差临门一脚，眼看好事将成，又猛然叫停，拒绝更进一步，给诸君造成自尊的伤害，使你深陷精神衰弱的折磨。而她们，却兀自享受着这套残酷的刺激性游戏。种种伎俩，只是为了抽身而退，确保自己不致陷入丑闻。这种例子，多得出乎意料。假使诸君迷上了这类看似有意、实则无情的女人，请果断啐口唾沫，拔腿便逃。大都市里，这种妖女为数不少，她们分外享受对童男精神施虐的

1　女子挺身队：日文中"挺身"意为主动、自愿参与。二战时期日本劳动力紧缺，在《国家总动员法》的实施下，政府征召12至40岁未婚女子入伍，组成的志愿者后勤部队，主要在工厂、政府事务厅、保育、看护等部门从事勤务劳动。

快感。实际上，我就知道一个这方面的例子：有位年轻人，便是深受妖女蛊惑而难以自拔，精神彻底崩溃，最终自杀离世了。

如今，未成年人具有暴力倾向的性欲宣泄方式，已构成诸种问题。在我看来，这其实缘于社会这所性爱学校里，缺乏优秀的启蒙女教师。在法国，中年女性作为出色的性导师，在各种需要的场合挥舞着教鞭，给社会创造了圆满的成果。日本也该向这种方式看齐。实际上，日本在《源氏物语》的时代，也曾盛行这样的风气。当时的文明发展，远比如今进步。诸君不妨认为：优雅这个词从本质来讲，其实意味着"性事的娴熟自在、游刃有余"。

依我所见，那些偏好"吃嫩草"的女人，似乎多半是自卑与自恋的混合体。其中或许也包含年龄带来的劣势感。性爱的对象假如是童男，便无从拿她与别的女人比较。于是对童男来说，她瞬间成了所有女性的代表，或至高无上的女神，成了爱与美的维纳斯。

可惜，世间哪有如此便宜的好事。当处男破除童贞的刹那，他便成了一个拥有独立意志的男人。除非是格外脆弱易感的少年，否则定会发现：无限的自由、宽广无际的海面，以及无数可停靠的港口，在自己面前豁然铺呈开来。不过日后，待少年垂暮之际，往往也会心怀感念地，忆起当年那个最初为自己启蒙的女人。

九　应当尽可能多管闲事

在我左手边的案头，放着一封约莫四年前的匿名来信，收件人是我当时新婚未久的妻子[1]。由于寄出者并未署名，我考虑虽是私人信札，却也未尝不可公开，呈给各位读者一阅。这，实在是封爱意隽永的书简。

前略。

我是一名平凡的家庭主妇，通过女性刊物或某些周刊杂志，对夫人您一向深怀仰慕，并为您与三岛先生的结合，感到由衷的喜悦。情不自禁之下，冒昧提笔致信，恳请见谅。

不知您可曾读过《周刊明星》的创刊号呢？撰写专栏"不道德教育讲座"的，正是三岛先生。虽明知有些事轮不到我这个素昧平生的外人多嘴，但作为一名心怀好意的同性，有些话实在不吐不快。说来，简直岂有此理！就算搜集生活素材也属于三岛先生创作活动

1　三岛由纪夫的妻子，本名杉山瑶子，为画家杉山宁的女儿。两人于1958年通过相亲结识，很快便订婚、成婚。

的一部分，可他同您这样无可挑剔的完美女人刚刚新婚不久，居然在短短数月里，便恬不知耻地做出那样的丑事，还厚着脸皮写成了文章《应当大胆与陌生男人喝酒》。

假如您本人感觉过得挺幸福，那倒也无所谓。三岛先生的作品如何姑且不论，但身为作者，他在世人面前时常自诩是个风流浪子。当您二人忽然宣布订婚时，我深深替您感到惋惜。

像您这样出类拔萃的女子，想找个更有诚意的良人，而非花花公子结为终身伴侣，想必要多少有多少。趁现在为时未晚，劝您还是深思熟虑，早点重下决心为好。唯有如此，这辈子方能尝到女人真正的幸福。

冒昧进言，深感失礼。但想到您此刻仍青春无邪，我便无法坐视不理。明知属于多管闲事，依然走笔至此。尽管以您的聪慧，原本无须我置喙，仍忍不住提醒几句。我并无恶意，还望您谅解。草草不尽，甚是惶恐。

　　　　　　　　　一位不具名的朋友　敬上

文末的"忍不住"几字，真可谓关切之情，溢于言表。实在是一封善意敦敦的来信。

每所学校里，大抵都有一位绰号"管家婆"的同学，凡事总爱挺身而出，插上一脚或掺合几句。由于好管闲事的脾气，惹得大家颇为反感。但其本人却总也丢不掉这份好心肠，"忍不住"

43

要替他人操心劳碌。想来这位匿名的笔者，学生时代也是众人口中的"管家婆"吧？这类人，总是献出一腔美意作为免费的礼物，要么提供无偿的忠告。寄一封信，邮资尚需十元钱。但若"为了别人好"，这点小钱又何足挂齿。

这一类人，人生笼罩着一层玫瑰色柔光。因为他们从不揽镜自照，任何时候，眼中只顾打量别人。而这，正是幸福生活的秘诀。

比如某天，她出门闲逛。啊，世间压根不存在"孤独"这种东西。所有人都在焦急盼望她的管教，为此早已恭候多时。

马路中央有俩小儿，正在玩抛接球游戏。

"哎哟，太危险了！在这种地方玩球，万一受伤，可怎么了得？"

她在一旁失声惊呼。小孩并不搭理，一副充耳不闻的模样。这下她"忍不住"了，冲上前去，捉住孩子的手腕，将其拉扯到路旁。

"真要命，你们的家长到底跑哪儿鬼混去了？"

被揪住手腕的孩子生气地扯开嗓子大喊。冷不防，一位面露凶相的大叔从她眼前的围墙边探出头来。

"喂喂！你少乱碰别人家的孩子。你口中那个鬼混的老爸，好好在这儿看着呢。"

她只好悻悻然离开。世人不仅缺乏公德心，还总把好心当作驴肝肺，实在不可救药！不过，她人生的前途依然充满玫瑰色。毕竟，管闲事的由头，要多少有多少。

她乘上电车。一位手提巨大包袱的老婆婆，单手抓着吊环站在车厢里。座位已经满员。婆婆面前，坐着个没带任何行李的学生仔，正全神贯注翻阅一本俗气的杂志。（哦，写到此处，我倒

44

忆起一段往事。战争年月，国家曾推行过一阵子"让座运动"。乘车时，若面前出现老人或孩童，学生则当立即起身，主动让出自己的座位。某次，我与同学四人并排而坐，这时面前来了一位老人，眼神来来回回瞅着我们，仿佛在说：小鬼，还不快让座！我们死死揪着相邻伙伴的衣角，生怕谁拖了后腿，忍不住起身让座。最后，总算死撑到下车。)

管闲事的女人立刻被自私的学生惹恼了，愤慨道：

"怎么搞的？你一个年纪轻轻的学生仔，眼睛就瞧不见这位老人家带着重重的行李吗？赶紧起来让座！"

没想到，话音一落，率先反驳她的居然是老婆婆。

"请您不要没事找事。我还没老到那种地步。况且，包袱里装的只是棉花。"

车厢里所有乘客齐声爆出哄堂大笑。她灰溜溜地在下一站换乘了其他车次。不过，她仍未丧失希望。

出站之后，眼前便是一座公园。大白天，一对对情侣依偎在树荫下的长椅上，沉醉于卿卿我我。何其不堪入目，何其道德沦丧的景象！这里的每位姑娘，都是被欺骗的羔羊，可悲复可怜，令她寄予无限同情。

其中一条长椅上的情侣，尤为悲剧。看模样，女孩是个好人家的千金，乖巧而清纯。旁边的男子却眼神凶狠，剃着美国大兵式的锅盖头，一看便是流里流气的小混混。这样的组合，实在令她不忍再看下去，遂勇敢地挺身而出，上前劝说：

"这位姑娘，这男的可不是什么好鸟啊。你得洁身自好才行，如果拿自己的人生当儿戏，将来一定铸下大错，追悔莫及。"

闻言，男子瞪大了双眼，望着她发出几声歹笑：

"嘿呀，臭老太婆，你可不要给我的妞儿教些奇奇怪怪的东西！"

别看这年轻人一脸凶相，心胸倒挺宽大。

女孩冷冷瞥了她一眼，转头冲男子道：

"八成是个老处女吧？欲求不满，乱发神经。"

"什么老处女，你可不要乱讲啊。我是个不折不扣的家庭主妇。"

"既然是家庭主妇，就扛着你的饭勺子好好走自己的路吧。"

这下，她只好又气哼哼地离开了。没有被年轻人揍上一顿，实属意外的幸运。在她看来，好心好意给人提出忠告，又有什么道理挨揍呢？

管闲事，是人生的精神健康法之一。有些时候，我们必须不顾他人的意志与感受，多多行使这一权利。在公司里，上司总爱对下属灌输各种忠告，下属听完后，再倾囊传授给同校毕业的学弟学妹。就连小朋友，也常对猫猫狗狗展开耐心的说教。尽管这么做纯属浪费口水，不会给对方带来任何助益，但管闲事至少有一项好处，就是"恶心别人，开心自己"。况且，还能倚仗一面颠扑不破、亘古不朽的正义之盾，毫无风险地插手他人事务。随时随地惹人家不痛快，自己却毫发无伤的人生，自然永远是一派玫瑰色。毕竟，管闲事和提忠告，是世上最不道德的快乐之一。

十　应当对丑闻善加利用

现代社会中，几乎一切荣誉，都是靠丑闻滋养壮大的。现代的英雄人物，也无一不是从丑闻之中所诞生。清正廉洁、品格高尚、周身上下纤尘不染的人，似乎总是时乖运舛、境遇不济。连政治家也不外如此，其他人更可想而知了。援引我手边的英文辞典里，关于"scandal"（丑闻）一词的解释：

"（针对道德败坏或恶劣行径）世人的反感、抨击、耻辱、丑事、贪污、渎职、疑罪、非议、恶评、飞短流长、风言风语等。"

不过，句首的第一项释义"世人的反感"，似乎是一种误解。毕竟，世人对待丑闻，可谓相当"欢迎"。

我年少时，非常羡慕丑闻缠身的朋友，甚至打算给自己捏造些子虚乌有的"事迹"，为此枉费不少心机。可惜我生性胆小，旁人也看穿我压根拿不出那个胆量，于是始终未能闹出什么动静，便不了了之。

不过，丑闻这东西甚是奇妙。有人坏事做尽，却从未遭受非议；有人分明未干过太出格的事，却三天两头深陷舆论的漩涡。

世间还有一类人，完全表里不一。比如，外表看来温良忠厚，貌似动不动就会遭人耍弄，实际却花言巧语，是个无往不利的把妹高手；要么看模样精力健旺，是个连小鬼都要避让三分的猛汉，没想到骨子里却循规蹈矩，是个死要面子活受罪的胆小鬼。社会上每有罪案发生，多数时候，犯人的模样都与诸位的想象存在巨大出入。

然而，丑闻毕竟不算犯罪。传出丑事的人，也尚不属于罪犯，充其量只是嫌疑人。成为嫌疑人，至少应该"看起来像"干过坏事。一条丑闻若要闹到满城风雨，就必须在"看起来像"这个部分有凭有据。而石原裕次郎，恰恰是掌握了这一点，方才晋身为大众的偶像。

早年间，女影星志贺晓子曾爆出过堕胎事件，结果瞬间跌落当红巨星的神坛。而近来，某人气歌手的堕胎八卦虽说炒得沸沸扬扬，对当事人打击也许不小，但一般民众顶多当它是一场笑谈。此外，旧年月里，许多男女会因通奸，闹得名誉扫地或自杀谢世。现如今，这种消息遍地皆是，扫扫能有一箩筐，谁听了也不会动一动眉毛。这便是真正的犯罪事件或有犯罪嫌疑的丑闻，与一般丑闻之间的区别。在堕胎罪、通奸罪早已废除的今日，某些低俗小报就算以正义之名，作势声讨某影星的失德举动，世人也不会理睬半分。是以，从另一种角度来说，现代社会可谓鲜有真正重大严肃到杀人放火的丑闻了，基本上所有丑闻都是非罪化的，带有游戏性质。因此，即便对丑闻加以利用，也无须担心引火上身。同时，成名的最有效捷径，便是卷入丑闻的漩涡。比如，杀人事件爆出时，有些假冒的犯人会主动电话报社，自报家门，站出来认罪。这种人，也可称为"出名狂"或"丑闻狂"。

对于瓷盘一般白璧无瑕的名声，世人通常并不买账；纯净不染,犹如素手掬起的一汪清涟,这样的名声,世人往往也并不欢迎。真相是,道德与名誉在某些时候必然相互抵牾、不可兼得。新兴宗教之所以繁盛,其魅力也是源于道德标准的暧昧松懈。话虽如此,另一方面,世人又极其热衷于讨伐名人的道德瑕疵。比如说有位影星,素来多扮演地痞、恶棍或黑道角色,借此博得了极大的人气,影迷们正是因为他那股活灵活现的痞气与匪气,才对他倍加喜爱。可一旦爆出他私下里举止有点霸道,这下子,众人瞬间态度陡变,纷纷谴责起来:

"我喜欢荧幕上塑造的黑帮大佬,不是现实生活里的臭流氓。"

于是,他立刻收敛气焰,表现出垂头丧气、深刻反省的模样,面向公众致歉。这一来,影迷又大跌眼镜,认为他形象尽毁,从此对他不屑一顾:

"哼!原来这家伙是个软骨头。"

利用丑闻的秘诀,重点在于一旦染手,就必须贯彻始终,不可轻易打退堂鼓。在这方面,前首相吉田茂可谓令人钦佩。

他身为反动势力的大佬,亲美派的魁首,行事倨傲不逊、不通世故、不近人情,到了不拿人当人的地步,甚至曾抄起杯子把水泼向摄影记者。这个被各种漫画拿来当作素材的铁腕人物,直到生涯最后,也不曾暴露一丝软弱,从未不经意显露所谓知识分子的良心。然而,这种个人风格方面的恶评,反而造就了他强悍的信用口碑,与此同时,使他在从政生涯里,彻底无缘于政治性丑闻。对政治家来说,只要不爆出致命的政治丑闻,一些个人层面的流言蜚语,根本屁也不是。岂止如此,这些鸡毛蒜皮的小事还可以迷惑世人的眼睛,将公众的注意力引向自己最无伤大雅的部分。对此，吉田茂一向心知肚明。总之，大众喜欢把身居高位的权势人物当作茶余饭后的谈资，尽情取笑，肆意嘲弄。为了满足公众的心理需求，大不了耍几下抽烟卷、穿白袜套，或洒几杯水的把戏，便可糊弄了事。

以前有位摄影家，曾让裸体模特站在清晨的街头，拍下许多极其"震惊眼球"的写真，在社会上掀起了轩然大波。他成功打造了可谓是"犯罪擦边球"的丑闻。在媒体纷纷出动、争相报道之前，他举办的摄影展，据说早已观客爆满、盛况空前。虽说拍摄安排在清晨时分，街头毕竟也属于公共场所。将这种公共性与私密的裸体关联起来，效果绝对惊世骇俗。这位摄影家的精明头脑，简直无人能及。拍摄卧室中的裸体等，早已是老掉牙的表现手法。出现在意外地点的裸体，才是时代最前沿的情色艺术。比如说，诸君去观赏歌舞伎表演，来到剧院，发现有位女观众浑身一丝不挂坐在席间，仅在膝头搁了一只皮包，正装模作样地看戏，肯定会感觉前所未有的新鲜与惊讶吧？

丑闻这种东西，并不会触及人与事的本质。对政治家来说，越是不涉及本质的空泛言论，就越是于自己有利。但对艺术家来说，空洞无物、不深入本质，却是相当失败的作品。而上述这位摄影家，将十九世纪风格坚实厚重的银行建筑，与柔软的裸体形成鲜明对比——在裸体的映衬下，银行化为一座艺术装置；在银行的映衬下，裸体化为一尊艺术装置。这种奇特而异乎寻常的艺术本质，尽管有丑闻成功造势，也很难获得大众的理解吧。不过，与其只有寥寥十名观众，不如招揽千人前来观看，仅仅如此，就可大大提高邂逅知音的概率。

所谓成功的丑闻，便是这样对"概率"最大限度的利用。不能将胜算仅仅押在一粒沙子上，而应该先粗泛地舀起一簸箕泥沙，缓缓摇晃，慢慢淘洗，假如最终能筛出一两粒砂金，就是无与伦比的胜利。唯有到手的沙金，才是真正具有价值的成果。不过，这种事先筹划周密的手法，在执行时却总事与愿违，时常要兜很大的圈子，绕不少弯路方能达成目的……

十一　应当勇于背叛朋友

我对青年人之间所谓"美好淳厚的友情"，终归不怎么相信。反倒是孩童在他们的小社会里，表现得更为坦诚不讳，总是勇于面对激烈而残酷的背叛危机。在一群小孩里边，必定有一两个喜欢扮演大人眼里的"乖宝宝"。最开始，明明自己也有参与谋划淘气的恶作剧，玩到一半，却忽然叛变，跑去妈妈或老师面前打小报告。就这一点来说，女性社会（假定女性也有自己的社会）与儿童社会类似，远比青年男性表现得更加诚实。一堆女人当中，倘若闯入一名异性，那么背刺、暗算、心计……便一下成了家常便饭。相较于青年男性的群体表现，这种行为模式更接近现实中社会生活的原型。遗憾地说，比起青年们理想中的友情社会，现实社会和女人或儿童的社会相似度更高。不过话说回来，成人社会里，绝少看到像女性、儿童那样，坦然而不遮遮掩掩的背叛，许多时候大家十分善于掩饰，维持着面子上的融洽。法国箴言家拉罗什富科[1]，曾用他一贯辛辣直白的笔调指出：

"世人口中所谓的友情，不过是社交或贪欲驱使下的你来我

---

[1]　拉罗什富科（*La Rochefoucauld*，1613—1680）：法国公爵，箴言作家。笔调犀利无情，时常讥讽人类的自私、虚荣、愚蠢。代表作：《箴言集》。

往、讨价还价，抑或表面和气的价值交换而已。到头来，充其量是一门以'利己'为出发点的生意，本质是为了从中获取好处。"

不过，正如夫妇生活里虽充斥隐瞒与欺骗，却也不乏恩爱与乐趣，成人间的友爱，以上述"价值交易"为前提，同样会萌生出特殊的亲密感、熟悉感以及舒适感，彼此相处如空气般自在。也正是基于此点，这世界才不致沦为摩擦与纷争的地狱。然而，人与人这种幽微曲折的心思，男青年却总难体会。相对来说，女人要成熟、圆滑得多。

"哎哟，您这身套装真漂亮。是在哪里买的呀？"

"在一家叫作……N的时装店。不过，做工和裁剪虽说不错，我这身材嘛，就够呛了点。要是穿在您身上，肯定好看多啦。"

"瞧您这话说的。您那双修长笔直的美腿，日本人里压根找不出几个。也别太谦虚了。"

——有时候，就算两个女人亲亲热热说着恭维话，实际背地里却彼此恨得咬牙切齿，时刻虎视眈眈，踅摸对方的漏洞，伺机陷害对方也说不定。但若有人问起她们如何评价对方，首先这样回答绝对不会有错：

"哦，您是说S小姐吗？我跟她是多年的老朋友了。她人很好呀。"

——为了不背叛朋友，而付出的努力，究竟该算哪门子努力呢？

比如说，某人发现朋友犯了偷窃罪。作为唯一的目击者，他打算包庇对方，绝不揭发此事。故而，案件的侦破陷入了迷局，而那位做贼的朋友却活得风生水起。这一来，包庇朋友的人背上了良心的包袱：当初自己的袒护行为，到底正不正确？莫非乍看之下，告发朋友的罪行，是一种对友情的背叛，但从长远角度来审视，却对他的前途，以及对社会整体，都是有益的？……左右为难地寻思来寻思去，此人却发现，单单为了不背叛朋友，竟搞得自己惶惶不可终日，仿佛做了贼一样难受。

在纳粹之类的社会里，告密行为通常会得到奖励。对于告密者，政府往往给予记功嘉赏。出于社会正义感而揭露恶行的人，归根结底仍属于善人之列，即便背后举报、出卖朋友，这点小恶也不成问题。尽管告密制度因为容易激发人性卑劣丑陋的一面而常遭诟病，但与此同时，也犹如一剂泻药，释放了弱者内心积郁的委屈愤懑，有一定清淤和疏导的作用。至少，告密者把良心上缴，寄存给了政府，从而心安理得，可以违心地说句"这种事又不归我做主"，便撇清得一干二净。

人类——至少男人的精神成长——是凭着每个阶段对友人的一次次背叛而实现的。这话绝非言过其实。这不是指告密之类的卑劣行径，而单单意味着一种精神层面的反叛。

比如说，昨天有位朋友讲：

"人生犹如一辆汽车。停下来会占地方，但也相对安全。一旦驾驶上路，不知哪天就有轧死人的危险。"

初闻这段话，你由衷佩服：

"嗯，不愧是个富有洞见的家伙。"

今日再一回味，却觉得：

"什么嘛，这家伙总爱卖弄些格言式的辞藻，实际根本没什么见地。"

产生这种想法的当下，你已从精神上背叛了朋友，获得了心灵层面的成长。

每当与老友久别重逢，人们总大力拍着对方的肩膀，满心怀念地叙起旧来。可聊了一通之后，往日的话题迅速告罄，又完全找不到新谈资，便陷入了难堪的冷场。单凭昔日的交情，无法永远留住一份友谊。近年来，似乎十分流行昔日从军的老战友，又重新肩并肩、手拉手，在各行各业里共事起来。一帮大男人，怎么可能单凭恋旧或对昔日交情的顾念，建立起紧密牢固的友谊呢？这，大约就是拉罗什富科形容的"利益结合"吧。

世上总有人癖好不同寻常，喜欢抢兄弟的女人，是横刀夺爱的惯犯。一旦哪位朋友交了新对象，他便心痒难捺，最终，忍不住将之据为己有。这种行为，显而易见是对朋友的背叛。可在他自己看来，这事原本稀松平常，只因发生在朋友之间，才惹来一身麻烦。他对普普通通的女人原本并无兴趣，可对方一旦成为好兄弟的女友，在他眼里，便登时魅力四射起来。

还有很多时候，人们不去背叛朋友，便会沦为对方的"跟班"或"附庸"。那些标榜知交多年的深厚友情，仔细剖析关系的内里，多半会发现一方是主子，一方是臣子。主导关系的一方脑筋相当聪明，对待跟班会刻意显示平等的态度，无论在世人抑或跟班面前，从不摆出露骨的主公架子。实际上，二人在精神层面，却是彻头彻尾的主从关系。至于做跟班的一方，也心甘情愿地投诚，发誓效忠，同时利用主子的才能与力量狐假虎威。而当主子的那个，会大大方方任由对方利用，并高高在上地颐指气使。这样的关系，不可能诞生真正的友情。不过，人与人的关系，本质便具

55

有弱肉强食的动物属性，从这层意义来讲，一方主导一方附庸的相处模式，不如说反倒更符合自然法则。只要双方互不背叛，这份关系即可长长久久地存续下去。社会上，时常可见有人宣称：

"我俩可是拜把之交。"

其实这种交往模式，多半属于未曾相互背叛的主从关系。同时，世上亦有不少人，生来乐于充当别人的随从与附庸。

多读读伟大人物的传记便会明白：一旦察觉自己将沦为他人的附庸，伟人大多会揭竿而起，在此基础上，小心翼翼与对方抗衡，确立平等的地位，逐渐壮大自己的势力。

国与国之间亦如是。表面虽号称互为友邦，实质却是宗主与属从的关系。假如附属国乖乖效忠，一味顺从，迟早有天将沦为对方的殖民地。

背叛，是友情中的一剂调味料，形同芥末或胡椒。不潜藏背叛要素或风险的友情，实际上索然无味。不妨这么说吧：当诸君意识到这一点的时候，首先说明，你总算摆脱了青年人的脆弱善感，已蜕变为独当一面的大人了。

十二　应当勇于欺凌弱者

一个人不论表面如何强悍，但凡生而为人，就必然存在弱点。只要攻其练门或软肋，便可使之一击即溃。但我在本篇所要谈论的"弱者"，不如说，是指那些把自身弱点坦然摆上明面，并以之作为噱头或卖点的人。这类人的代表，非小说家太宰治莫属。他将脆弱当作自身最大的资产，以此从性格柔弱的青年男女那里换取同情与共鸣。这份恶劣影响，最终导致给他人造成一种荒谬的自卑感，以为"身为强者是错误的"。为此，太宰治的弟子田中英光，身为前奥运选手，体格健硕，为人忠厚老实，却误以为自己肉体方面的强壮，意味着天生缺乏文学才能，到头来步上太宰治后尘，也追随他一道自杀了。这是弱者反而欺凌强者，终将其"杀害"的一桩恐怖案例。

不过，此类事例在我看来，实际是颓废主义违背生物界法则的证明。

另一方面，也存在这样的情况：盲目信奉"锄强扶弱"的格言，面对强者摆出一副愚蠢的挑衅态度，掀起毫无必要的争端；面对弱者，又胡乱称兄道弟，随意撒钱，大施恩惠，一厢情愿地把对方当成自己豢养的小猫小狗，毫不理会是否给人家造成了困扰，最终，反倒沦为人见人厌的对象。这样刻意违背自然生物法则，非要反其道而行的做法，也属于一种颓废主义的处世态度。作为这方面的例证，二战之后美国的做派，可谓很好地说明了这一点。著名作家格雷厄姆·格林[1]曾在小说《沉静的美国人》当中，对这种美式人格进行了漂亮的嘲讽。

在生物界，强者对弱者的态度只有一种，那便是"弱肉强食"。说得体面一点，便是"欺凌弱者"。小孩子最直言不讳，会满不在乎地瞧不起残疾人或病弱者，对其任意捉弄挖苦。

举个小例子：美国影片里，由于清教主义的禁令限制，不可出现侏儒的形象，至少不允许出演剧中的核心人物。然而，法国电影却堂而皇之起用侏儒演员。比如让·科克托[2]导演的作品里，会由侏儒扮演一些凄惨落魄的角色。这是因为，法国至今根深蒂固地残留着中世纪的残酷观念：将侏儒视作供人消遣的玩物。

但话说回来，残疾人或病患并不会主动消费自己的弱者身份，吃当中的红利。他们只是与不幸为伴的可怜人，迫不得已活在病弱当中。排除这种情况，我所讨论的"弱者"，仅限那些本身非残非病，却没完没了卖惨的家伙，总爱扮出一副"我好柔弱可怜无助，请不要欺负我"的嘴脸。

1　格雷厄姆·格林（Graham Greene，1904—1991）：英国小说家、剧作家、评论家，21次获得诺贝尔文学奖提名，被称为20世纪最伟大的英语作家。代表作《沉静的美国人》讲述越南抗法战争后期，法国殖民主义者即将面临失败之际，一名年轻文静的美国人乘虚而入，靠一帮土匪搞恐怖活动，企图建立所谓的"第三种势力"，而令无辜百姓不断遭受伤害。最终，这个多行不义的美国人也遭到了暗杀。
2　让·科克托（Jean Cocteau，1889—1963）：法国诗人、小说家、剧作家、设计家、导演。代表作：自传体小说《可怕的孩子们》，电影《诗人之血》《奥菲斯》《美女与野兽》等。

诸位，这类所谓的弱者，才是我辈应当积极欺凌的对象。来吧，让我们尽情嘲笑、鄙视这帮家伙，彻底地羞辱他们吧！拿"弱者"开涮取乐，才是精神健康的最佳表现。

假设诸君的朋友当中，有个总盘算着自杀的家伙。某天，此人脸色苍白、形容恍惚地找上门来。

"怎么？你又要自杀了？"

"没错。我再也无法忍受这风刀霜剑的人生了。"

"蠢货！要死你就趁早。"

"要是寻死有那么容易，我也犯不着天天苦恼了。"

"去死，麻溜去死！不然，你干脆当着我的面服毒算了。我还从没见识过服毒自杀的场面呢。不如喝杯小酒，悠哉地观赏一下。"

"你这种人，压根不懂我的心情。"

"那你跑来找我这个不解人意的家伙作甚？"

这时，你才恍然大悟：原来此君正是一心求虐，才特地找上门来。你当场照准他的腮帮子，给了一记清脆响亮的大耳刮：

"我可没工夫陪你这种闲得发慌的丛货犯矫情，滚！别再来烦我！"

你抬手将此君扫地出门。但不要紧。嘴里三天两头嚷着去死去死的人，绝少会当真寻死。

他捡回一条命，你尝到了欺压弱者的乐趣，可谓两全其美。不过，实际真遇到这样的场面，我们却总难痛痛快快实施羞辱，弄不好反而会给予同情，助长对方的自艾自怜。末了，此君当真钻牛角尖寻了短见，多半害得你也愧疚不已，落得两败俱伤的

59

结局。

世间有一种男人，成天哭鼻子抹泪，一副愁眉不展的尊容；平素喜欢读读抒情诗，有时自己也蹩脚地抒发几行；三天两头闹失恋，逢人便逮住诉苦，又隐隐流露出自视甚高的态度，说些酸文假醋的台词；哪怕是开玩笑，也泛出一股阴郁苦闷的气息；动不动以"我这个人很脆弱"来博取同情；明知自己没什么出息，却自尊到畸形，有颗女人一样的玻璃心；看部悲惨的电影，也要哭哭啼啼；反复念叨一些昔日的悲伤往事；明明妒火中烧，却爱假扮大度，以善人自居，仿佛菩萨上身；好管闲事，对人又是张罗又是照顾，殷勤到了教人不忍的地步……这种类型的孱弱男子，诸君身边想必总能找到一位吧？欺负这样的家伙，实属人生一大乐事。

"哦？又失恋了？活该。"

"你别这么损嘛。"

"插在你扣眼儿里那坨鼻屎一样的玩意儿，是什么鬼啊？"

"是去年女朋友送我的紫罗兰。"

"蠢得要命。这破玩意儿赶紧丢掉吧。看得犯恶心。"

你伸手扯掉那团干枯的紫罗兰，丢在地上，啐了口唾沫。

"啊，你怎么这样？"

"不爽你来揍我啊！"

"揍你？怎么会呢。我知道你是出于友情才这么做的。希望我从过去的回忆里解脱出来，才故意把花丢在脚下踩。谢谢你！"（言毕竟自号啕大哭。）

"胡扯什么？你这白痴。少放屁了！"

你分明在羞辱他，却被误解为好意关怀，也是迷惑至极。你当即握起拳头，朝他挥去。

"啊！好疼！"

"再吃我一拳！砰！"

"啊！疼死了！"同时边哭边说，"不过，还是谢谢你。"

"哪有挨了揍还感恩戴德的？你脑子有病吧？"

"哪儿啊，我明白，你这是友谊的铁拳……为了激励我拿出毅力，再度振作，才狠下心来揍我，其实你的心也在哭泣。我懂你这番心意。我自己也清楚，是时候重新站起来了。"

此时，你已被他气得七荤八素，心里憋屈得要死，丝毫享受不到凌虐弱者的快意，但继续锤他也无济于事，遂改用口头奚落的方式。

"就你这种脑子不够数的蠢货，不管爱上多少女人，也不外是被甩的下场。仔细照照镜子，瞅瞅自己的德行吧！动不动哭兮兮的，一副惨相。从没见你露过一点爽朗的笑模样。好歹要是有几个钱，你这么矫情也行啊。每月赚不了几文钱，午餐顿顿吃阳春面，到底装的哪门子蒜呢？摆出一副知识分子的清高样儿，分明读不懂几行洋文，平时偏爱读八卦杂志，还成天夹着原文书走来走去。你这种杂碎，赶紧叼着瓦斯管子升天去呗，对世人也算一桩功德。"

"话虽如此……"

此君思忖片刻，问道：

"纵是被你刻薄得体无完肤，我却对她依然不舍放手，这便说明确乎是真爱吧？"

试问诸君，你与弱者的这番过招，到底该算谁赢了？

十三　自恋应当多多益善

　　世上若彻底少了自恋，大约就没什么乐趣可言了吧。只要自认是日本国宝级美男，想必天天都春风满面，幸福得脚踏祥云吧；只要自信乃天姿国色的头号美女，估计日日都飘飘欲仙，开心得头顶冒泡吧？人人都有一面"顾影自怜"的魔镜。以我身为小说家的经验来说，但凡在出场人物里设置了一名绝世美男，便会从四下冒出十余位其貌不扬的凡夫，声称是以他为原型。同理，我若安排一名绝代佳人登场，也会冒出一群姿色平庸的女子，认领说角色与她"宛如一对两生花"。至于另一些人，即便对长相有自知之明，也会转而以头脑、见识或声名自诩。甚至卧病之人，也有他的一套自恋逻辑，比如疗养院里的重症患者，就最懂得"挟病以自重"。此外，罪犯大多也是自恋狂。尤其犯下重案重罪的人，喜欢表演虔心悔过、痛改前非的戏码，底色里也脱不掉一层自恋意识在作祟。

　　古时之人十分懂得自恋的功效，以及巧妙利用的方法。例如《叶隐》这部论述武士道的名著，读来格外艰深晦涩，其中写道："论及武勇，放眼日本，当尊我为翘楚。"

　　或曰：

"身为武士，须以武勇之魂，而猖狂自傲，怀抱笑看生死的觉悟，此点尤为关紧。"

谦逊多数时候不会有好结果。况且被世人盛赞"品格谦逊"者，往往是些伪善之徒。比如某大学教授，总爱在文章中自称"吾乃区区一介老生"，或"一名可怜的语文教书匠"，有谁会认为这是真正的谦虚呢？

有句虚伪的格言："稻穗越饱满，头垂得越低。"这不是废话嘛？稻子若果实累累，当然会在重量的作用下保持低垂的姿势。依我看，这句话不如改为"全赖果实之力，弯腰低头的稻穗"。不信你看身居高位之人，愈是志得意满，愈是能坦然假装谦卑。

所谓自恋，不过是一份愉悦的幻想，是努力活下去的底气，不需要什么真凭实据。它终究属于个人的主观认知，用不着谁来点赞评论加插意见。当然，若能获得他人的喝彩，不啻给自恋多添了一份凭证，也是再好不过的事。

对一个自恋狂来说，他人的存在，只是用来喂饱其自恋之心的食饵。

可以想见，一场恋爱若是抽去了自恋的成分，将会变得何其乏味。拉罗什富科曾道："恋人们整日泡在一起而不感厌倦，皆因忙于谈论自己。"此话可谓精辟。假如对着旁人，没完没了地絮叨自己那点屁事，必定会遭人嫌弃。更何况，每对情侣都自认是罗密欧与朱丽叶，做梦也不会想到，自己是"破锅配烂盖，烂人自有烂人爱"。

自恋狂的优点在于，和爱面子的虚荣鬼相比，至少不显得过于可悲。比如说，虚荣鬼总是满嘴子虚乌有的瞎话，炫耀不存在的别墅或不曾拥有的豪车,明明小学毕业,脸上却挂出庆应大学高才生的傲慢神气。这些谎言轻易就会被拆穿,真相一旦遭人点破,要多狼狈有多狼狈。毕竟,虚荣鬼太过在意自身的缺失与不足,凡事喜欢打肿脸充胖子,借此硬撑门面,于是言行往往局促不安,透着做贼心虚的意思,哪里像自恋狂那般落落大方,一派坦然。

自恋狂深信自己应有尽有、完美无缺,故而态度阳光,有一种洒脱的做派。尤其无可救药的自恋狂,言谈举止总有股豪爽劲儿,叫人讨厌不起来。其实,自我欣赏之人并不热衷撒谎,相反过分谦虚之人,倒多半是些心口不一的家伙。早些年过世的某知名影星,直到死前都把一句口头禅挂在嘴边:"我这演技,实在只有献丑的份儿。干演员这一行,必须生命不息,勤学不止。"再如某炙手可热的女星,明知自己红透半边天,每逢在公开场合自我介绍,却偏要忸怩作态,表现得像个乡村小学女教师,说话也轻声细语:"敝姓XX,目前正在研习新剧的表演。"

我平生最厌恶这类羞答答的消极自恋者。最近文坛上一等一豪爽的积极自恋人士,不消多说,当属石原慎太郎先生。他的自恋中,充满了令人愉悦的特质。在这一点上,可谓与冈本太郎[1]并驾齐驱。冈本先生当着任何人的面,都会坦坦荡荡地宣称:"我是比毕加索还要厉害的画家!"

然而,没有识人之明的庸众,却依旧为伪君子假惺惺的谦虚姿态所倾倒。影坛女星只需在公众面前亮个相,走几步,发表几

1　冈本太郎(1911—1996):日本极负盛名的艺术家、建筑家,号称"日本毕加索"。早年曾游学巴黎,修习哲学与绘画。代表作:系列雕塑《太阳之塔》,壁画《明日神话》等。

句谦辞，表明一下虚心求教的态度，就不愁在电影圈人气长红。

"我只是个阅历尚浅的小字辈，在此恭请各位前辈、同行多多提携，不吝赐教，拜托啦！有劳诸位，辛苦了！像我这样资质鲁钝、一无所长之人，承蒙大家厚爱，才得以走上大银幕，忝列明星之席，心中实在惶恐不已，每日合掌感念，就连晚间睡觉，都不敢把脚朝着恩人所在的方向。请多指教，拜托诸位！"（瞧这话说得，有谁求您睡觉时把臭脚丫子冲着自己了吗？）

尽管如此，众人听了这番话，仍是连连赞许：

"这姑娘，别看年纪轻轻，做人倒是挺识大体的嘛。"

至于那些四处拉选票的国会议员，本身就是把和庸众打交道当作长期饭票，自然逢人便点头哈腰，装出一副虚心听取民意的姿态。不过，同样是打躬作揖、拉拢人心，议员肯定比不过娇滴滴讨人怜爱的女明星，也是莫可奈何的一件事。

话说回来，我在此讨论的并非什么处世之术，而是意图提醒：从精神卫生的角度来看，一个人若能拥有某方面的自恋，就不会轻易生病。

女性最常犯病的一种状况，是在大街上碰见陌生同类不巧和自己撞了衫，而对方居然长得更养眼，把衣服穿得更惊艳。若是一连好几回遭遇这种刺激，她们定会气得一病不起。这种时候，若能以一种自我嘉许的态度，发自内心说一句：

"什么嘛，根本就是在学我。明明穿得难看死了。"

便能够保重贵体，再也无须担心发病的风险了。

而男性的发病原因通常是：那家伙在公司里属实比我能干，升职肯定也更快，只怕会更早一步被提拔为课长。这样暗挫挫的妒意，最容易损害肝脏。此时若能发挥自恋精神，打心眼里嗤之以鼻：

"哼！就凭那小子，再学十年，连给老子打杂拎包都不配。"

有了这份笃定，保证不再气得肝疼。我并非借此怂恿诸位，事事都要自信爆棚。自信是一种扎根于事实的、极难获取的资格，也不是人人都能拥有实打实的自信。不过若是自恋的话，只需心念一转，便可立即拥有。

与其闷闷不乐：

"我的鼻梁为何生得这么塌呀？"

倒不如换个思路：

"我这鼻子长得也太可爱了吧。在美国，好多人不惜去做整形手术，也要把鼻梁削低一点呢。"

不过，说来说去，自恋终究需要他人的捧场与掌声充当背书。他人与社会对我们来说，之所以是不可或缺的"必需品"，理由也正在于此。

十四　应当紧随流行的脚步

　　日语中有个词,写作"时花"二字,读音却为"流行"。确实,流行是一朵"时代之花"。换言之,它是石原裕次郎,是保罗·安卡[1],是宽袍大袖的布袋装……除此之外,还有更多形形色色的花朵。既然是花,注定某天将要萎谢。人们十分清楚流行事物的短命易朽,才会趁它尚未凋零,忙不迭地,争先恐后地,将之采在手中。

　　一些不涉及原则的无谓琐事,诸君应当紧随流行的脚步。不妨这么说吧:所谓流行,原本便意味着"无关紧要"。不过,千万别因此小瞧流行的威力,哪怕一向与"时尚""潮流"无缘的男装,四五年前订制的长裤,如今再看,也像肥大的布口袋,实在没法穿上身来。

　　仅从流行趋势中撷取适合自己的元素,乍看之下,似乎是一种明智的态度。实际上,流行这东西压根从不考虑,是否能匹配你的需求。所谓流行,就好比那则著名的古希腊神话《普罗克拉斯提斯之床》:一名开黑店的强盗,会把所有自投罗网的旅客绑

1　保罗·安卡(Paul Anka, 1941—):加拿大流行歌手、演员、青少年偶像。代表歌曲:《Diana》《Lonely Boy》《Put Your Head on My Shoulder》等。

在一张长度特制的床上，对待高个子客人，就毫不留情地将其露出床边的双腿斩断一截。说到具体的例子，比如：前几年夏天风靡一时的布袋装，到底会有几人愿意恭维它穿来十分合身呢？

不管合身与否，个体都应当追随流行。它是你绝佳的隐身斗篷。可以说，唯有当下最潮流的服饰，才是你隐藏思想最方便称手的工具。假设你是共产党组织的一员，必须向世人隐瞒身份，这时你不妨穿上窄腿裤[1]，去听一听乡村摇滚，估计不会有谁识破你是共产党人。再比如，工会的谈判委员，身穿花里胡哨的夏威夷衫，操起石原裕次郎式的玩世不恭口吻，跟大公司的社长打商量：

"嘿，大佬，你这一身行头整得挺拉风嘛。拿出这副派头，给兄弟们一人涨个两千块薪水呗。这一来，大伙不就立马高高兴兴回家去了嘛。"

闻言，这位老板，身穿窄腿裤，操着东北腔，愣是不答应：

"行啦，行啦，甭整这一套，给老子戴高帽也不管用。薪水说不能涨，就不能涨。"

诸位谈判委员见状，纷纷抱起吉他，奏响了震耳欲聋的乡村摇滚，合唱起工会会歌来。在喧天的乐声中，社长终于闭嘴放弃抵抗，答应了涨薪的要求。大体而言，各种劳动组织会歌，或游行示威的进行曲，都洋溢着一股集体性的悲壮之感，丝毫不体现狂热的激情。其实，愈是这一类歌曲，愈该注重抒发真情实感，最好统统用乡村摇滚的调式重新编曲。因为，无论多么聒噪的流

1　窄腿裤：堪称20世纪50年代的一种文化符号。在披头士、滚石乐队风行音乐圈时，窄腿裤、皮夹克便成了摇滚乐迷的标志性着装。

行歌曲，都能发挥"社会镇静剂"的功效。而关于这一点，不管资本家或劳动者，居然从未察觉，属实令人费解。在这方面，不愧是美国更具超前性，早将劳工运动爵士化了，甚至拍出了《睡衣仙舞》[1]这类形式新颖杰出的歌舞剧。

似乎有点跑题了，接下来言归正传。世间有一类人，气量之狭小，目光之短浅，可谓一提到流行，便不分青红皂白地表示反感。

"乡村摇滚？庸俗低级，吵得要命！"

"裕次郎？那个大龅牙，到底好在哪里？"

随后，他们去听了一场肖邦音乐演奏会，方才心满意足地回家了。人皆各有所好，本由不得旁人说三道四。只是，从精神分析的角度来讲，这类人当中，多数抱有某种对现代流行文化的嫉妒心理。假如自身屹立于潮流中心，便从宽看待，视其为理所当然，反之，则对流行事物一概拒不接纳。拥有反抗精神，固然难能可贵，但此类人头脑当中，总将流行、现代，以及具有现代性的诸般社会文化现象，一律视作不断隆隆向前，唯独将自己弃置于一旁的怪物，并将这种印象烙印在意识深处。可以说，对流行抱有刻板成见的，往往正是这一类人。

他们打从心底里嫉妒流行。嘴上虽刻薄，"布袋装？好吧，穿的人也算勇气可嘉。不过我可消受不来……"实际上，内心却跃跃欲试。

话说回来，我对二战之前一度大行其道的冒牌存在主义风潮，以及推崇粗制滥造的山寨文化，一向无意追随。这类所谓的流行文

1　《睡衣仙舞》（*The Pajama Game*，1957年）：好莱坞歌舞电影，同时亦是百老汇著名剧目，描述睡衣厂工人以罢工的方式来反抗资本家压榨的故事。

化，在我等从业的同行看来，都是些不登台面的低级伎俩，实在不屑于苟同。流行这东西，愈是发心无邪，愈是"不假思索"，就愈是真实且纯粹。愈是白痴、无脑的流行，过后再去回顾，就愈能保存和反映一个时代的瑰丽色彩。观看歌舞伎传统剧码《助六》时，有人或许会惊讶地发现，这种古典艺术形式，恰恰是当年最为时髦的风俗，以及民间流行语的集大成。

　　一般而言，浅薄的文化将快速衰亡，轻佻的趣味、肤浅的思想会迅即凋朽。流行的事物，正因其通俗浅白，方能获得大范围普及，也正因其浮于表面、缺乏深度，才会转瞬即逝。这种观点确实有其道理。然而，一场潮流退却之后，残留在你我记忆之中最美好的部分，恰恰是那些浅薄的东西。例如曾经盛行一时的、由"鹿鸣馆"[1]所代表的欧化风潮，便是当时对外来文化的邯郸学步，浅薄而流于皮毛。然而今日，当我们回顾明治时代，比起沉重的征韩论[2]，反倒是肤浅的鹿鸣馆风情，作为昔日的美好象征留存在我们印象之中。严肃拘谨、厚重深邃的事物，一见之下似乎不像流行的东西那样速销亦速朽，但事实上，它们或许比流行短命得多。浅薄的流行，往往在短暂消亡之后，会以另一番面貌卷土重来。轻佻肤浅之物，犹如九命猫，拥有不息的神奇生命力。不妨这么说吧："流行不死"的秘密，恰恰隐藏在它的肤浅属性里。

1　鹿鸣馆：1883年建于东京都千代田，是日本上流社会宴请国外来宾、风雅聚会的著名社交场所。当时日本政府推行欧化政策，以欧洲为范本，大举兴建洋式建筑，致力于转变为现代文明国家，鹿鸣馆遂成为欧化主义的象征，明治10年（1877年）左右的时期也被称作"鹿鸣馆时代"。

2　征韩论：日本幕末至明治初期，当时的政府高官西乡隆盛等，主张出征朝鲜，以武力胁迫朝鲜打开国门。

世上鲜有底蕴深厚的事物能够蔚然成风。一流的纯手织面料，上等的久留美染织布，此类精工细作、品位不俗的东西，既不会成为大众热门的抢手货，更不会转眼过时，惨遭淘汰。因此，奉行"勤俭储蓄"原则的人，或者品位质朴的人，往往偏好这一类质地精良、内涵深厚的事物，也希望通过它们来坚固自己生活的基盘。这种趣味偏好，也可谓之为"雅士精神"。对古董茶器的推崇赏玩等，一切形式的审美生活中，无不蕴藏这种精神。

这类人不会去投资流通性强、震荡幅度大、走势莫测的热门股，只会入手稳定的资产股。结果就是，他们无法将流行化为己用，而从中获利，白白放走了穿上隐身衣的大好时机。为了逐一对抗那些无关紧要的流行现象，他们耗费了大量心神，反而被每个时期的流行牵着鼻子走，最终丧失了原可用于自身的精力。临到了，他们顽固坚守的所谓"个性"，只剩下了纯手织面料，或久留美染织布而已。我认识不少这类高雅却可悲的绅士。

不过某些时候，流行也会"吃人"。

歌德名作《少年维特的烦恼》当年风靡一时，德意志青年纷纷效仿主角维特，争相穿起了黄背心，去自杀寻死。流行文化是相当危险的东西。我所主张的"追随流行"，并非怂恿大家投身这种潮流，而是对那些肤浅、无可无不可的事情，不妨随个大流。

像公务员那种头脑僵化的人，一天到晚穿着过时的衣服，埋首于灰扑扑的办公楼里，根本不具有捕捉流行的智慧。而学校里那些死板的教书匠，只会对教育机关颁发的指令唯唯诺诺，一辈子都与世间安全无害的肤浅潮流无缘。不外是些可怜虫。我辈应当寄予同情。

十五　应当在相亲时蹭吃蹭喝

诸位可晓得"相亲欺诈"这种骗术？它与骗婚性质不同，完全不构成犯罪。据说，近来在一些心机老练，有缝就钻、有光就沾的青年当中颇为流行。

哪怕他们压根不存找对象的念头，一听说有相亲的机会，也会乐颠颠地出门。由于一开始便打定主意回绝，所以连对方姿色如何也不正经瞧上一眼，只顾埋头吃吃喝喝。遇到对方劝酒，也会装模作样地举杯，说几句场面话稍事应酬，待酒足饭饱后，便溜之大吉，搞得对方脸上甚是无光。当然，能使出这套手段，达到骗吃骗喝的目的，男方也须得具备不错的条件，够得上女方择选良婿的标准。对人家求姻缘的心理了如指掌，从而刻意加以利用，这种行径实属恶劣，但目的却又只是骗一顿吃喝，不花钱满足口腹之欲，倒也可谓"心思无邪"。由此可见，现代青年心眼多多的同时，浑身小家子气也暴露无遗。若想对付这帮小算盘打得精刮利落的年轻人，就得在相亲时提出费用均摊，设法教他们吃白食的算计不能得逞。

单单从"相亲欺诈"这个词，便足以窥见，现代青年一味因循传统陋习，想方设法从中窃取于己有利的部分，却全然不负相应的责任，占了便宜便脚底抹油、走为上计的鸡贼态度。实在不像话！实在不道德！不过，话说回来，倘若相亲几十回，都遇不到合乎心意的对象，也实属无可奈何。所以单从表面来看，这个年轻人的举动也算平常，丝毫不值得大惊小怪。至于对方款待的好酒好菜，摆着不吃反而有失礼之嫌，不如敞开肚皮大快朵颐，一道道舔它个盘光碗净，应当才算合乎礼节。从任何角度来看，这都是一桩挑不出错漏的完美犯罪。

青年人勇猛无畏，反抗传统陋习与腐朽权威的时代，早已一去不返。如今的年轻人，变得越来越投机取巧、机灵滑头。表面上态度温驯，像小猫一样故作乖巧，演技一流，佯装退败，假意服从，实际不放过任何一个捞取好处的机会。个个好似参详过《孙子兵法》，从中学到的这套技能。

就连从学长那里蹭吃蹭喝，战前的学生也远远不及如今这一拨玩得老练。时下这帮少年人，请客的学长端出领头大哥的派头，优越感十足，被请的小弟也满足了金钱及口腹之欲，双方你情我愿，收支相抵，一来二去拎得清清爽爽，并不觉得谁欠了谁的人情。现今的少年人，拍学长马屁的精湛技艺，实在不由人不佩服。从前的学生，无论如何没这等功夫。

打眼一看好似街头流氓，眼神凶狠，性情乖僻，实际内心温柔纯情，心思清净无邪——这种流行的青少年形象，究竟源出于哪里呢？仔细想来，发现似乎可以追溯到《伊甸园之东》[1]的男

1　《伊甸园之东》(*East of Eden*, 1955年)：著名导演伊利亚·卡赞的代表作之一，曾获戛纳电影节最佳剧情片奖、金球奖。故事讲述一战前，聪明而善感的加州青年与严厉的父亲之间的爱恨纠葛。

主角詹姆斯·迪恩[1]。这种类型的少年，似乎能无差别地激发所有女性心底潜在的母性本能。例如，电影评论家K·K女士，听闻迪恩的死讯，也不禁潸然泪下，难过得食不下咽。甚至在迪恩逝世一周年纪念日当天，给众亲友派发印有头文字J·D的葬礼糕点，作为祭悼之用。我也曾被她抓住盘问：

"三岛君，你说自己在纽约的日子，曾去迪恩常光顾的餐馆，坐在他常坐的位子上用过餐，当时你穿的是哪条裤子？"

"这谁记得啊。"

"你把当时那条裤子送给我吧。那条和迪恩坐过同一个座位的裤子。"

这样的要求，简直令人瞠目。不久前，为了去迪恩的墓前祭扫，她刚刚专程去了趟美国。我原以为这位女士仍是独身，当得知她早已嫁为人妇时，竟涌起一股奇妙的感慨："这种程度的移情别恋，哪怕再轰轰烈烈，她的先生也大可安心。"

迪恩所代言的青少年形象，到了日本则"脱胎换骨"，翻版为石原裕次郎的面貌。此类青年实际已屡见不鲜，他们身上基本都隐隐藏有一抹"生之艰辛"的气息，绝少例外。哪怕是当下那些圆滑老练的少年人，别管有多长袖善舞、左右逢源，处世有多得心应手，只要他尚还年轻，必然充分领略着谋生之艰难。趁着相亲的机会，骗上一顿好吃好喝，自导自演一场驾轻就熟的独角喜剧，充其量只是出苦肉之计，纵使对方千金看穿了他的把戏，

1　詹姆斯·迪恩（James Dean, 1931—1955）：早夭的好莱坞巨星，因主演《无因的反叛》《伊甸园之东》中颓废沉沦的青年，成为美国"垮掉的一代"象征人物。后在驾驶热爱的跑车时，不幸遭遇车祸身亡。

心知这是相亲欺诈，大约也不至于横眉以对吧。

我时常去银座一带散步。某次，有个素未谋面的年轻人冷不丁冲我打招呼：

"三岛先生，M此刻人在东京吗？"

我不假思索地答：

"不知道啊，大概已经回去了吧。"

谁知，那青年却亦步亦趋跟了上来，喋喋不休地与我攀谈，说他正在M导演的门下修习戏剧，看过两场我写的戏，又说M的表现手法如何如何高明，他自己目前隶属于S社的演剧研究所，云云。此君滔滔不绝地絮叨了半天，当我俩来到某个街角，我正打算右拐时，他却丢下一句：

"那么，我在这里失陪了。"

便点头告辞，径自离去。我心想，"还真是个独来独往的家伙呢！"对他这份大大咧咧的自来熟，和强悍的内心，我并不感到惊讶。这种程度的老练与强悍，现代青年大抵无意识之间已人人具备。这些品质，犹如帽子领带，属于日常必备之物，并不起到驱走孤独感的作用。

若欲解救自身于孤独，当下最急需的，便是金钱。在资本社会里，假使能挥金如土，纵情洒钱，便可遣尽胸中愁烦。然而，年轻人素来最无缘的便是钞票。果真遇见一掷千金的青年，也挺叫人纳闷。我就从这样财大气粗的家伙身上薅过一次羊毛。

老早以前，我与某年轻人组建的新剧团有些往来。成员当中，有个经理人角色的小胖子，整天穿一身簇新笔挺、派头十足的西服。有天，讨论完戏剧方面的事宜，小胖子忽然问：

"可以劳您陪我去个地方吗?"

随后，便驾着豪华私家车，载上大伙，去了银座一家大型夜总会。只见他流利而老道地唤来了五六名陪酒女郎，巨大的盘子盛满开胃小菜摆上桌来，好酒一瓶接一瓶送到面前，直教人应接不暇。稍后,瞅准各位吃喝得差不多了,他便身子潇洒地朝后一仰,唤来侍应生，随手掏出一沓票子结了账，领着大伙离了场。这一连串举动如行云流水，看得我目瞪口呆。该公子哥，据说是"百货巨头的富二代"，瞧模样颇为老成，我估摸约有二十七八岁年纪，后来听说实际才二十一岁，不禁再度大吃一惊。

从别人那里蹭吃蹭喝，感觉固然痛快，只是到了我这等年纪，越来越难享受到这番乐趣了。因为谁挨宰、谁沾光这种事情，关键在于餐桌上谁看起来更有地位跟派头。账单通常会送到最气派、最体面的那个人手上，根本不由我做主。我在纽约时，有一次偶然邂逅了石井好子[1]小姐。当日，体格富态的她，身穿华贵的毛皮披肩，我有意款待她用饭，便将她带往自己住宿的酒店。两人对坐用餐完毕，可悲的是，明明是在我的地盘，餐厅领班却毕恭毕敬，把账单递到了好子小姐面前。在美国，唯有同席的男士看起来太过寒酸，账单才会递给女方。我慌忙把账单抢在了手中。好子小姐见状，乐不可支地调侃:

"看来，你八成被当成我的小白脸喽。"

1　石井好子（1922—2010）：日本著名声乐家、香颂歌手、散文家、演艺界实业家。

十六　做人切勿信守承诺

我这个人，大体而言比较信守承诺，但并不认为这有什么好自豪的。毕竟，被诺言的紧箍咒束缚了手脚，是一个人格局狭小的证明，也意味着他不过是社会上一颗墨守成规的小小齿轮。

至于如何看待对女人的承诺，古罗马诗人奥维德[1]，在其"恋爱论"中写道：

"要对女人许下诺言，就该出手不凡，切不可抠抠搜搜。诺言是赢取女子芳心的筹码。许诺的一刻，要不惜请动诸神，任何一位都好，在场充当见证。丘比特常在天上嘲笑恋人间虚伪的誓言，而那些无法兑现的承诺，便差遣埃俄罗斯[2]以狂风卷走。（中略）丘比特虽为凡间的情爱充当旁证，却也常常对妻子朱诺立下虚假的誓言。（中略）对欺瞒自己的女子恪守承诺，本身便是奇耻大辱。"

不守信用的一方，反而能在爱情的角力中占据上风，这是千古不变的铁律。明明被女朋友放了鸽子，却独自在咖啡馆里心焦

1　奥维德（Ovid，公元前43—前17年）：奥古斯都时代的古罗马诗人，代表作：《变形记》《爱的艺术》《爱情三论》《岁时记》等。

2　埃俄罗斯（Aeolus）：古希腊神话中的风神。

火燎地等待,咖啡灌了一杯又一杯,烟头塞满了面前的烟灰缸……那么,这位"守约的男人",就注定要惨败。

听说在巴西,有条不成文的规矩:和男人见面,最多等三十分钟;和女人约会,等一小时才够礼貌。

居然比日本人还要耐得住性子!真是惊掉我的下巴。那个国家的人,个个慢条斯理,长时间等人这种事,貌似只是小意思。比如,和女孩约好去看电影,提早到达影院的男人,往往只买自己的门票,先行进入大厅,眼巴巴望着外面,一等就是一两个钟头,也照样不急不躁。这么一来,当女孩最终赶来时,就不必担心要掏钱帮她买票了。巴西这地方可真不赖!

至于美国纽约这个城市,看起来似乎人人争分夺秒,过着被各种约定催命一般的生活,实际上我有个朋友,在电视台当制作人,是个性子磨磨蹭蹭、凡事不焦不愁的慢郎中。他答应的事情,谁也不会当真,就算他不守约定,也没人对此气恼。做人到了这种地步,反倒万事大吉、一切太平了。此君和我们聊得兴起时,常会忽然看一眼手表,口中幽幽一声长叹:

"唉……"

而后四十五度仰望天花板,频频摇头做死心断念状,随即又没事人似的,捡起方才的话头聊了起来。每逢此刻,我们就知道:他定是猛然想起,同一时间段还约了别人。可惜,每次等他醒悟过来,离约定时刻早过去一个多钟头了。

世上的约定可分两种:办得到的,和办不到的。比如小说的截稿日期,原本属于"办不到"那一类,可尽管如此,杂志社依旧只能凭着作者的一张口头支票,去制定编辑企划。

据说，人体细胞通常每隔几年，就会彻底更新换代。所以，这样说似乎也未尝不可：

"自那以后，我浑身上下的细胞早已统统换过一遍，当初与你立约之人，并不是此刻的我。"

在如今这动荡不安的年代，保不准原子弹工厂明天就会爆炸，把大都市统统炸成焦土，就算跟朋友约好：

"明天下午五点，和光百货门前不见不散哦。"

一分钟之后是何命运，唯有天晓得。再不然，当晚出门不巧被车撞死，同样万事皆休矣。

上田秋成[1]的小说《菊花之约》，讲述了这样一则故事：某男子与他的断袖之交许下了来日相见的誓约，不料及至当日，却因不得已的阻碍，无论如何难以如愿赴约。他听说有条定律，"人不能日行千里，而魂可至"，遂毅然赴死，化为幽魂出现在挚交面前。纵有谁平日里好以"大丈夫一诺千金"在人前自夸，恐怕也难做到如此地步吧。更何况，大国之间签订的"原子弹试爆实验终止协议"等，更是不足为信的废纸。

继续深思下去，世上压根不存在"诺言必然得到践行"的任何保证。故而，才会有公证文书或法律诉讼等强制履约的手段，但那终究只是违背契约后的补救与追偿。"践约守诺"这个想法本身，就是人类社会不遗余力编织的一场美梦。历史的车轮，正

---

1 上田秋成（1734—1809）：日本江户时代后期的读本作者、歌人、茶人、徘人及国学家。《菊花之约》典出于明代冯梦龙《喻世明言·范臣卿鸡黍生死交》，后传入日本，江户时代被上田秋成改编后收入《雨月物语》，此书被奉为日本灵异小说的经典。

是在这美梦的驱动下滚滚向前,直至今朝。若妄图将这美梦打破,单凭一人不再守诺,将无济于事。几百万人同时出尔反尔、言而无信,社会的齿轮瞬间便会绞死崩坏。大银行如若丧失信用,将立刻引发挤兑风暴,使国民经济陷入乱局。另外,政府若能效仿室町时代镰仓幕府的"德政"[1],颁布废除债务关系的法令,将民间欠款一笔勾销,便可不花一文钱赢得国民的爱戴与信任。换句话说,"遵守约定",可使社会系统处于一种随时保持警戒的健康状态;而"毁约背信",则不啻为社会生死存亡之际,一剂送命的烈性毒药。若是效法当今政府的做法,动不动自食其言,拿公开的承诺当儿戏,等到了危急关头,任是灵丹妙药,恐怕也难有回天之力。

假设今天,阁下有三个需要履行的约定。

上午十点:面会M君,归还早先向他借的一千块钱。

下午两点:代理课长出席企划会议。

下午六点:与S子在银座X堂碰面。

上午十点的会面,你不必太当回事。当然,和M君的见面没法子取消,但想必他很难开口要求"把钱还我",你只当忘记了这码事即可。就算M君勇气过人,果真提出:"不是说好今天还钱给我吗?"你也大可爽快地回一句:"啊,我忘记了。明天再说吧。"万一M君讨债未遂,从而心生不快,逢人便说你的坏话,以此来泄愤:

---

1 镰仓幕府为了解决御家人,即下级武士的生活困境,免除因战乱造成的财务亏空,遂颁布"德政令",宣布解除债权债务关系。后来农民等下层阶级生活日益困难,不断掀起暴动,迫使幕府也实施了针对农民的德政。

"千万别把钱借给那小子，他肯定会赖账不还。"

这种风评，反而体现出你不拘小节的真性情，凸显了你的男子气概，也愈发衬托出M鼠肚鸡肠的小人嘴脸，这一回合，保准你稳赚不亏。

下午两点的会议，你也大可不必搭理。这才是阁下出人头地的好时机。要知道，身为代理课长，你无故缺席会议，这笔账会算在课长头上，使他成为大老板"黑名单"上的一员，最终落个被炒鱿鱼的下场。说不定，你将趁势坐上课长的位子。

下午六点的约会，你若聪明的话，最好别去赴约。女朋友被你放了鸽子，起初她定然怒不可遏，渐渐地，便开始心神不宁，怀疑你是不是遇上了车祸，给各处警局挨个打电话询问消息，一通疯狂操作后，时隔几日才得知你平安无恙，一颗心总算落肚为安，到那时，她对阁下也便爱得神魂颠倒，难以自拔了。不过，万一女朋友鼻孔朝天，并不把你放在眼里，你最好六点钟准时赴约，尽快提出分手，趁早与她分道扬镳为妙。

如此一来，今日的三场约会，都被阁下一一跳票了。阁下的声誉指数因而一路暴涨，同时也收获了出人头地的良机，以及女朋友不渝的爱意。至于全凭不守约定才富余出来的时间，又该怎么打发呢？建议阁下不妨去打几局弹子机，届时说不定手气全开，钢珠噼里啪啦如同开了闸，往外蹦得要多欢畅有多欢畅呢！

十七　当以斯文柔弱为立身立国之宗旨

在棒球选手被奉为头号英雄的现代社会里，推崇斯文柔弱的形象风格，恐怕会使人大惑不解。然而，目睹全民运动的风气蔚然盛行，饮食营养广受重视，十几岁青少年的体格日益强健，我却不禁幻想，若是将如今的高中生拉回昔日的征兵检查场，会是一番什么模样？首先，大多数都能达到"甲级合格"水平，这点毋庸置疑。从前有一首动员曲，名叫《年轻人，锤炼体魄吧！》光听歌名便令人肉麻到牙碜。不过，日本倘若实行某种体制，毫无疑问，征兵制度早在第一时间已经推行全国了。

从和平主义、誓死反对战争的观点来看，强身健体、锤炼体魄之类的号召，属实令人蹙眉。现代的青少年假如一个不剩，人人皆变得弱不禁风，走路好似美娇娘，娇慵无力、步履袅袅，以至于稍微一碰便踉踉跄跄、脚步飘摇……如此一来，恐怕才可做到万世太平。事实上，歌舞伎里就有一种柔弱的美男子角色，俗称"一触即倒"，往往演出一些"俏哥哥呀，既无财来又无力"的固定戏码。所谓一触即倒，意思就是：轻轻一碰，便会跌倒在地。

大家千万不要误解：政治家看似寄望于青年一代的思想，实际上，图谋的却只有诸君的肉体。他们深知，年轻人的思想毫无利用价值，唯有肉体才可大派用场。单从这点来看，搞政治的这帮家伙实在不可小觑，要比学校里那群教书匠狡猾多了。因此，政治家若是打起了年轻人的主意，诸君务必要提高警惕。若想对付政治家，就该懂得钻空子：表现得流于文弱，堕落得不堪一击，把自己的肉体塑造成娇滴滴、百无一用的模样。这才是真正意义上的"年轻人，锤炼体魄吧！"

首先，切忌参加体育运动。一旦沉迷其中，体格自然会日渐强壮，性欲也随之蒸发升华，再不去琢磨些低俗下流之事，思维模式越来越理想主义，不知不觉中，使自己身陷于最易被政治家利用的态势。此外，看电影也理应杜绝。这种消遣最不费脑子，只需悠闲地观赏即可，不止能帮助消化，对身体也全无害处。倘使不加禁止，那么，塑造孱弱体格的最有效手段，就只剩下吸食迷幻剂了。但我并非提倡诸君去做病恹恹的瘾君子，只想鼓励大家尽量柔弱斯文。若为此而染指毒品，则未免走过了头。

读书是个不错的法子。若与咖啡并用，更易诱发失眠症，使人逐渐沉溺于空想，游离于现实之外。同时，亦可导致体质衰弱。读书时的姿态，不可避免会弯腰驼背，故而不适宜参军作战。况且，人愈是埋首书堆，遇事便愈是优柔寡断，导致行动力也随之丧失。简直求之不得。

一些"深夜咖啡"[1]之类的声色场所，在促使青年柔弱化方面具有绝佳效果，之所以遭到政府严令取缔，不妨将之视作一种征

---

1 深夜咖啡：日本昭和30年代风靡一时的通宵娱乐场所，不仅提供酒水饮料，还有乐队表演等，吸引了大量青少年，尤其是未成年人涉足，在其间进行有伤风化的色情活动，构成了严重的社会问题，后被政府明令禁止。

兆，它预示国家向军备扩充又迈出了一步。那些夜夜出入该类场所，搞得面色青白、血气亏虚的青年，首先，绝不符合征兵的条件。

此外，断袖之癖应当更加盛行。比如，当我们观看昔日太平年代铃木春信[1]的浮世绘时，图中那些耳鬓厮磨、卿卿我我的年轻爱侣，从服装到面容都极度酷似，简直难辨雄雌。再现这一黄金盛世的征兆，便是断袖之癖的风行。

"唯有同女人睡觉，方能体现男性雄风"的错误认知，究竟诞生于何时呢？实际上，愈是和女人水乳交融，愈是从感情、心理等各方面与女人纠缠不清，男人就愈是向女性化发展。光源氏[2]如此，《好色一代男》[3]的世之介亦如此。日本典型的花花公子，似乎都带有几分脂粉气，由此可见，他们行的才是符合现实的正道。因此，拳击也好，游泳也罢，唯有在男子体力最强盛的阶段，即仍未尝过女人滋味的少年时期，方能有所作为。

此外，不可思议的是，多数女性具有一种倾向，即偏爱气质阴柔的男子。文化越发达的国家，越是如此。在日本或法国，最受女性青睐的类型，便是走"阴柔路线"的奶油小生。

而歌舞曲赋，尤以香颂或三昧线等，在使人柔弱方面，具有绝对强大的效力。其中，歌词最好充满浓浓抒情风，闻之使人悲观厌世，恨不能以纱布掩面拭泪。青年若不分晨昏，终日浸淫于

1　铃木春信（1724—1770）：日本江户时代中期的浮世绘画师，首创了多色印刷版画，即"锦绘"。

2　光源氏：日本平安时代女性文学家紫式部的名著《源氏物语》男主角。在书中，光源氏是桐壶帝的二皇子，天生拥有俊美的外表，一生与多位女性拥有恋情。

3　《好色一代男》：日本江户时代最具代表性的"情色小说"，作者井原西鹤，体裁仿《源氏物语》，共8卷54帖，描写主角世之介一生寻花问柳、纵情声色的经历。

这类靡靡之音，势必渐渐丧失节操与骨气。

倘若筋骨酥软、吊儿郎当、如软脚虾一般的年轻人充斥全日本，别提重整军备了，就连法西斯化，或发动共产革命的危险，也完全无须担心。

其次，应竭力避免的便是贫穷。贫穷会使人精神紧绷，不断燃起上进的欲望，激发斗志，催人奋起。为达到青年柔弱化的目标，应尽量使其钱包充裕。但更为有效的办法，则是赋予女性大量的财富，当年轻男子过惯了由女人豢养的"软饭"生活，便将丧失劳动的意愿，和向上的动力。这也不失为一条便利的捷径。

再次，青少年应热衷化妆打扮，为了拥有漂亮的皮囊，不惜心力交瘁。屁股不够丰满，就套上臀垫；相貌太过碙磣，就多加整容。假若每位年轻人都修理成一副面孔，绝对组建不出强大的军队。即使勉强凑成一支队伍，刚下达原地休息的号令，众士兵必然齐齐在路边打开粉盒补起妆来，搞得士气一落千丈。

二战结束后，"文化国家"一词曾流行一时。假如是实至名归的文化国家，就该像某个时期的法国那样，曾经达到"一亿男儿阴柔化"的目标。文化成熟绚烂到极致，终究会显露女性化特质。可惜，日本始终未能企及这一境界。吾国男子中，一派是不爱红颜爱蓝颜的断袖群体；另一派，则是长岛茂雄[1]、裕次郎所代表的血性男儿。大众对文化不屑一顾，对职业棒球却狂热不已。政治家则醉心于重整军备，大搞警职法案的修订。照此下去，岂止"成为伟大的文化国家"乃是痴心妄想，就连"一亿国民大崛

1　长岛茂雄（1936—　）：日本著名职业棒球选手、教练，1988年入驻"日本棒球名人堂"。

起""军国主义警察国家的复辟",恐怕也绝非什么难事。战争期间,曾有善于趁风使舵的学生,在学校的演讲会上发表过以下演说:

"眼下,吾国正面临前所未有的艰难局势。尽管如此,素来拥有极高荣誉的我校,竟有部分文弱无用的学生,仍在一门心思写什么无聊的小说!"

说完,还愤愤瞥了我一眼。

当时的我,的确气色苍白、体格单薄,终日写些风花雪月的小说,被批评为"文弱无用",倒也无从反驳。不过,被同学当众一番羞辱,我自然也怒火中烧,心底暗暗赌咒:"走着瞧吧!崇尚文弱的时代必定要来临!"

终于,战争结束,世人果真宣扬起文弱的好处,视其为救世的曙光。然而,正如我在前文中提到,日本打从骨子里,就成不了将斯文柔弱发挥到极致的文化国家。看穿了这一点的我,这回自己搭上了时代的顺风车,开始玩起了健美塑身,如今已练就一身饱满的肌肉,也收获了满满自信:任何时候收到一纸征兵令,都将无所畏惧。不过话说回来,如今我已到了这把年纪,早可安枕无忧,再也不必担心收到什么征兵令了。

十八　喝汤时应当发出声音

　　大抵来说，那些装腔作势的礼仪讲座，提到西餐桌上的基本修养，总会郑重告诫，"喝汤时切勿发出声音"。日本人打小就习惯哧溜哧溜大声喝味噌汤，当杯中淡茶喝到快见底时，也会"嗖嗖"猛吸几口，一饮而尽。而如今，却被逼着效仿西方人那套做法。

　　通常而言，最易被这套表面功夫洗脑的，大多是女性。她们尤其喜欢仅凭一些表面现象，来判断事物的高低优劣。

　　市面上那些女性杂志，往往会在"恋爱中的微妙心理"特辑中，刊出这类读者来信：

　　"我有个男朋友，原本我挺爱他的。谁知我俩头一回外出用晚餐，上来了一道浓汤，他冷不丁呼噜呼噜大力喝了起来，发出吸溜拉面的那种动静。他每呼噜一口，我就感到一阵生理性的厌恶。自那以来，便对他彻底倒了胃口。"

　　在我看来，女性的这种心理，根本谈不上微妙或怎样，单纯只是虚荣心作祟。

　　诸位但凡见过礼仪讲座的指导老师，就会明白我的意思。依我所见，这些人压根不值得特别尊敬。纵是精通一些西餐礼仪，也不等于品格与思想有什么过人的境界。可惜，被这套东西熏坏

87

了脑子的女性，居然认为男人喝汤时发出声音，则必然是生性粗鲁的野蛮人。照这个逻辑，用刀叉这种"凶器"进餐的洋人，岂不个个都是未开化的野人了？

之所以把"喝汤出声"这个话题，拿到不道德讲座来探讨，主要由于我最尊敬的前辈——甚至不下两名——喝汤时不约而同都会发出骇人的巨响。这二位都曾有过留洋的经历，设想有一天，他们在国外某城市里某间讲究的餐馆碰了面，凑着头用力猛吸盘中汤水，该是怎样一幅壮观的奇景！两位前辈皆头脑过人，在日本是数一数二的智者。喝汤出声这个习惯，丝毫无碍于他们是日本一等一的聪明人。岂止如此。当我看到二位根本不屑理会旁人质疑的眼光，淡定自若地大声喝汤时，甚至禁不住会想：若能效仿前辈的做法，说不定自己也可与之看齐，拥有那般顶级睿智的头脑。

其实，并不仅限于喝汤而已。我曾亲眼看见，某位研究中世纪文艺史的专家用刀子把肉戳起，刀刃优雅地抵住下唇，将整块肉送入口中。看得同席就餐之人无不捏一把冷汗，生怕他下一秒就会割伤嘴唇。别的不提，单从制造惊险场面，使大家饱尝刺激的角度来讲，这位先生也可谓功德圆满。

礼仪这种东西俗之又俗，与一个人的风度、能力、教养，没有半毛钱关系。

在安静的高档餐厅内，冷不丁怪声频出，当众"滋滋滋"嘬起汤汁，是一种敢于挑战社会偏见的勇气。所谓的高雅礼仪，则是绝大多数人默认的社会共识，而那些不愿乖乖配合，"虽千万人吾不从矣"的异类，在世俗眼光中，往往会被视为粗鲁无礼。

若欲证明自己并非"盲从的羔羊",首先第一项指标,便是喝汤时勇发怪声。

比如去看棒球比赛,便属于社会羊群的从众行为,独来独往的孤狼,不屑加入这场庸众的狂欢。再如打高尔夫球,也是羊群热衷的运动。

N子小姐是本讲座的资优学员。哪怕她的男友S小伙在餐馆里没羞没臊地大声喝汤,她也一向引以为豪。

"这男人前途不可限量,日后必成大器。"

N子喜不自胜,在心里暗暗给小伙打分。

某次,小伙S破天荒邀她一起去听肖邦钢琴演奏会,N子遂欣然前往。当现场观众鸦雀无声地聆听乐曲时,S君猛然踩响了事先放在鞋底的摔炮,炸得观众们纷纷从座位一跃而起,四散惊逃。

S君素来对凡间的繁文缛节,或悲天悯人的情怀持轻蔑态度。有一次,他主动牵起驼背的陌生老婆婆的手,帮助她过马路。

"哎呀,真是谢谢你!没想到你年纪轻轻,这么懂得体恤老人家。唉,是个好心人哪!"

老婆婆谢声连连。可谁知,当二人来到车流如织的马路中央时,S却忽然撒开手,拔腿便走。撇下老婆婆独自立在路中间,吓得双腿发软,口中连声念佛。万幸,诵佛之声远比汽车喇叭的嘶鸣更响亮直抵天庭,老婆婆最终才免于命丧轮下。

每当S君患了感冒,便会找家影院,正在放映凄凄戚戚的爱情片,存心占据正中央的座位,连打二十来个大喷嚏,逗得满场观众哈哈大笑,把好端端的悲情气氛彻底搅黄,而他的感冒也随之不药而愈。

此外，他还会故意跑到路边的警亭前，毕恭毕敬地脱帽致意，而后一言不发，转身离去，搞得巡警先生满头雾水，心里七上八下，误以为是哪个激进党派发明出来的新型攻心术。

随后，他又来到公园，点燃一只装满碎纸的纸箱，丢进水鸟成群栖息的池塘，接着拔腿而逃，惊得水鸟扑扑腾腾仓皇飞起，洒落的鸟粪糊了他一头一脸。

S君的所作所为，N子向来陪在他身旁，一一看在眼里，愈发认定他骨骼清奇，绝非池中之物，将来必有大出息，不会甘为任人摆布的羔羊。

哪料到，终于有一天，S君被迫接受了精神科医生的检查，被送进了精神病院。N子大失所望，深切领教了羊群围剿孤狼，将其囚禁于围栏的淫威！况且，羊群还拥有另一座戒备更为森严的围栏，名字叫作"监狱"。由此可见，我们不得不有所警惕：若想捣蛋作怪，找羊群的麻烦，顶多干点高声吸溜汤汁的恶作剧，便适时收手为妙。

诸位，这也是我们社会里主流艺术的实态。假如一支乐曲不是安详恬适，用来取悦餐馆里的羊群，就会被贬斥为"暴露粗野狼性的嘬汤怪声"。这类乐曲或许并不曼妙，但听在我耳中，至少是不断主张"我非羔羊"的呢喃之声，是一份勇气、一次反抗、一种带刺的讥诮。换言之，是生而为人不可或缺的珍贵品质，哪怕它寥若孤星、微茫难求。

十九　应当把过错归咎于他人

　　某个日本老兄，驱车载着他的一位日本朋友，在伦敦郊外兜风。忽而一道黑色人影掠过眼前，紧接着"嘎"的一声，轮毂传来急刹的刺耳尖啸，原来是车子轧到人了。下车一瞧，是位英国老先生。朋友大惊失色："完蛋！这下闯大祸了！"而驾车的肇事者，查验轮下的老者已然咽气，便不慌不忙摆好了架势，恭候警察的到来。

　　警官来到现场，开始讯问事发经过。轧死人的肇事者操起一口流利英文，冷静地描述了来龙去脉，末了又道：

　　"基于如此这般的理由，是这位被轧的老先生不对，我这方不存在任何过失。我车上还载了一位朋友，他也可以充当证人。"

　　朋友吓得不知所措，但终归从旁提供了证词，之后，这起车祸便简简单单结了案。然而，麻烦虽已了结，这位朋友反而惶惶然夜不成寐，并私下谴责肇事者：

　　"你好歹是个日本人吧？既然如此，至少该对死者家属有所表示，什么'不胜遗憾''深感歉意''是敝人的错'等等，奉上几句慰问的话。若是更地道的日本人，还应当匍匐跪地，痛哭流涕地谢罪才是。"

"别傻了，这里是西方国家！"

肇事者一句话便呛了回来，不再搭理。

——在西方国家，人们很少说"对不起"，或是"我错了"。

实际上在一九五七年，我曾花费不少钱，在纽约逗留了相当长一段时间。当时，一位制作人声称要将我写的话剧搬上舞台，他一面以"资金困难"为借口百般拖延，一面又谎称"这部戏马上就会开演"。我完美入局，被他忽悠得云里雾里。末了，这部戏却终究泡了汤，未能上演。但我毕竟是个讲究礼数的日本人，原本打算对方若能像个堂堂男子汉，痛痛快快向我赔礼道歉：

"基于如此这般的理由，这部戏不幸告吹。一切都是敝人的错。请您务必谅解。"

我便忘掉经济方面的损失，从此既往不咎。

谁知，他死鸭子嘴硬，死活不肯说出那句我所期待的：

"I'm sorry."

同时，还将自己扯过的大谎小谎，统统归咎为客观情势恶化所致，把锅甩得一干二净。我虽气愤填膺，末了却也醒悟到，纵是生气上火，也无济于事。

"这里可是西方国家。"

说什么"堂堂男子汉"，什么"痛痛快快道歉"，归根结底，这都是日本人头脑里的固定成见。举例来说，认为在战争中被俘是最大耻辱的国民，与认为做俘虏是毕生荣誉的国民，对"堂堂男子汉"和"痛痛快快"的定义，也各不相同。有人能做到"堂堂男子汉痛痛快快"地被俘，也有人能像个"堂堂男子汉痛痛快快"撒出弥天大谎。

在巴西（法国据说也如此），小孩子打架口角，家长基本都会挺身出来参战。

"我家孩子绝对干不出这种坏事！肯定是你家小孩犯浑！"

双方父母口沫横飞，闹得不可开交。犹如两条延伸到永远的平行线，纵然吵到地老天荒，也抵死不承认己方有什么过错。这种事若发生在日本，想必会出现如下你谦我让的景象：

"不不，哪儿的话啊，全怪我家孩子太过顽劣，真是抱歉。混蛋小子！（家长故意在外人面前叱骂自家孩子）瞅瞅你干的好事！下次再不许了，懂吗？快，来给人家道歉。"

"不不，没这回事。我家这个也够浑了。怪就怪他嘴巴太坏，怨不得您家少爷发脾气。实在太抱歉了。臭小子！快来，给人家赔个礼。"

然而，这是日本的应对方式。同样的一幕，切换到西方国家，就不是这个画风了。

总体看来，像西方那样权利义务观念发达的社会，所有事物都可丁可卯，要比日本来得局促，人际交往的分寸，相较日本也更严格。一旦主动承揽过错，就失掉了一道守卫家园的战壕。再度认错，等于又让出了一道防线。最终，甚至可能被对方踏破底线，落得倾家荡产。西方人哪怕对待亲戚、家人或挚交好友，也是有一说一，绝不肯稀里糊涂，随便让步。纵观其历史，始终重复着这样的模式。他们生来具有严守自家领地的警戒意识。这也是他们抵死不说"对不起"的历史缘由。因为一旦说出口，自身就必须承担全部责任。更进一步讲，西方人绝口不提"对不起"，也可谓责任意识强烈的表现。

顺便扯句废话，西洋人素有珍视宝石的传统，相关的知识也颇为丰富。这也侧面反映出他们缺乏安全感的历史——必须把所有财产变卖置换为珠宝，以便随时轻装逃命。

在之相比，日本简直是极乐社会，无忧无虑。人与人之间的关系，多半靠"情分""面子"这些奇奇怪怪的东西维系。也多亏如此，所有的冲突才得以缓解。

"对不起。"

"不好意思。"

"是我的错。"

"深感抱歉。"

在日本，多数时候这样主动把所有过错揽在自己身上，比起死脑筋地一味反驳，反而能够以退为进，获得好处。因为和西方相反，先承认"这是我的错"，便能免除一切责任。

哪怕总理大臣朝新闻记者吐了口水，过后只要陈明歉意，风波通常便可平息。获得道歉的一方，胸中一阵窃喜：

"连总理大臣也向我低头致歉呢。"

于是，便无意再发起诉讼，提出实质损害的赔偿要求了。

又或者位高权重之人，遇到属下做错事，假如对方能规规矩矩道歉：

"对不起，下次不会再犯了。"

他便也不再深究，以示自己宽宏大量，借此换来世人的好口碑。

或许，也有人不愿善罢甘休：

"光是说句对不起，你以为就完事了？"

94

但这不过是嘴硬，抢白几句而已。比如，国有铁路公司发生运行事故，导致乘客丧生，假如公司总裁把薄薄的份子钱，隆重其事包装成大礼盒，登门向遗属谢罪，趴在遇难者的灵位前痛哭流涕，麻烦多半能够了结，危机也得以和解收场。遗属往往不再追究，不依不饶说："一切都怪你！你要负责到底！"

在日本，凡事皆是如此，抢先道歉便能在冲突中占据有利形势。文章开头提到那起伦敦的交通事故，假如发生在日本，聪明的肇事者，会在第一时间赶到遗属面前痛哭谢罪，边号啕，边检讨："都怪我不好啊！"估计三两下就能给事件画上句号。

诸君认为哪种应对方式更胜一筹？从日本人的视角看待西方人的思维，会觉得对方的态度十分不道德。反之在西方人眼中，日本人的行事手法，大约也属于一种不道德。"社会惯习""约定俗成"这种东西，实在是令人费解的难题。不过，若论哪种做法更狡诈，还是要属抢先道歉比较滑头。因为，"把过错归咎于他人"的冲动，才是内心深处最真实的想法。毕竟，任谁都会由衷相信，自己才是一等一正确的人。

二十　做人应当懂得忘恩

　　我是个重度爱猫人士。理由在于，猫这种家伙生性漠然、高冷，是个自私自利的忘恩之徒。而且，尽管猫大抵不记恩情，却并不像那薄情寡义之人，会做出恩将仇报之事。

　　施恩于人时，态度应如将落花寄予流水，但行好事，莫问前程。至于受惠的一方，也应淡然将之抛诸脑后。这，方是君子之交的奥义。

　　我们时常听到此类佳话：某位大人物，昔年间穷困潦倒，每日食不果腹、忍饥受冻。有天，不知是谁抬手施舍了一只热腾腾的包子，或一点吃食给他。几十年后，此人终于飞黄腾达，回想这桩暖心的往事，掘地三尺找出当年的恩人，大摆宴席加以款待，并拜谢道：

　　"当年幸亏您出手搭救，敝人才有今日这荣华富贵。如此大恩大德，×某必将终生不忘。"

　　于是报恩的人，与施恩的人，双双流下感怀的热泪。这样的情节，不仅经常出现在各种戏剧或浪花曲[1]当中，往往还会在发

1　浪花曲：日文写作"浪花節"，一种由三味线伴奏的传统说唱曲目。

迹的实业家，或走红艺人的自传里，成为一个不可或缺的段落。

然而，这种故事读来却总令人反胃不适。况且，当年施恩的一方，如今倘若境遇落魄，不适的程度更将倍数增长。谁能料到，当年一时心血来潮，随手施舍了一只包子，几十年后，竟沦落到在别人的美谈里凑一点戏份，帮对方抬轿子的下场。

假设，你在某次爬山或游玩时一脚踩空，险些跌落悬崖，千钧一发之际，有人出手将你救下，你当然会说：

"您便是我的救命恩人！大恩大德，我将没齿难忘。"

但巧的是，这位恩人恰好住在你家对面，每天出门，你与他低头不见抬头见。

最初几周里，想必你内心被感激之情占据，恨不能冲他的背影双手合十：

"啊，谢天谢地！我能活到今日，全拜这位恩人所赐。"

而数月之后，你的心境开始摇摆，在岔路前左右踟蹰：一边，是逐步淡忘恩情，将对方视作普通邻居，以从容自若的心态，保持轻松愉快的交往；另一边，是心里压着沉重的包袱，出门前总在嘀咕"唉，又要和救命恩人碰面了"，渐渐地，你对他避之不及，一段日子以后，竟莫名憎恨起对方来，常在背地里说他的坏话，最终，甚至干起了恩将仇报的勾当。

对比以上两种做法，选择将恩情淡忘，结局不知要好多少倍。人类身上其实也具备不少猫的特质，只是顾忌世人的眼光，将之隐藏起来罢了。遇到这类情况，善用猫的忘恩属性来应对，方是上策。

说起救命之恩，医生救助过的人，可谓不计其数了吧？然而，谁也不会感到医生的恩情是一种包袱，转眼便将之忘在了脑后。毕竟，治病救人是医生的职业使命。无论救治的一方也好，被救的一方也罢，无不认为此乃天经地义之举。话说回来，施救者若是位普通人，平素不常有救命之举，肯定会要求对方铭记自己的大恩。

我去世的祖母，生前虽与人为善，却有个叫人头疼的毛病。假若有谁得了她的好处，却忘记言谢，她便三天两头挂在嘴边，数落不停：

"那人真是个忘恩负义的东西！我帮了他那么大的忙，他倒装得没这回事一样。"

像祖母这种人，人生一片灰暗。一辈子都在计较他人的恩惠或背叛。其实扳指数数，这种忘恩负义的行径，世间可谓多如牛毛，压根不值得我专门开个讲题来探讨。但也唯其如此，知恩图报的事迹才会传为美谈；忠犬八公也才会被铸成铜像，得到世人的纪念。

不知何故，世间总是恩情易忘、恨怨难消。恰似那句俗语："不幸要比幸福难以忘怀"。佐藤春夫[1]曾在诗中写道："幸福好似冰激凌，一眨眼就化了，一扭脸便忘了，不能用作搭砌诗与故事的材料。"接受他人的恩典，也同得到幸福一样。大体来说，人总是贪心不足，且巴望好上加好，所谓"人往高处走"。而幸福与恩惠，不仅能对良好的现状给予加持，还能使日子更上一层楼。

---

1 佐藤春夫（1892—1964）：日本诗人、小说家、评论家，曾获日本文化勋章。曾与谷崎润一郎成为好友，几年后卷入与谷崎之妻千代子的三角恋情中，成为轰动一时的"换妻事件"。代表作：《田园的忧郁》《都会的忧郁》等。

它是生命的顺流状态，故而更容易被忽略。至于沉淀在记忆里的不幸或怨恨，却是导致现状恶化的转捩点，是生命的逆水行舟，所以才难以释怀吧。

每当与昔日的恩人不期而遇，双方一瞥到对方的脸，"恩情"二字便如一道闪电，刹那劈过二人之间。一方心忖：

"啊，这人似乎曾有恩于我！"

另一方也在脑中闪念：

"我当年帮过这小子一个大忙。"

这种瞬间，尴尬莫名。昔日春宵一刻的男女，不期然狭路相逢，内心的那股滋味，想必与此如出一辙。不同的是，男欢女爱不存在"报答"一说，但受人恩惠，却必须感恩戴德。这是世所公认的道理。如此一来，受人之恩，便形如负债。也使得"滴水之恩涌泉相报"的美谈，沦为了鄙俗的"欠债还钱"。假如恩情的授受，能像男女情事那般，不存在借与贷的账目，那么自始至终该是多么美好。下面便是个理想的例证。

某男子十年前曾在山中当过向导。有天在银座，他偶然邂逅了自己曾救过一命的年轻人。该青年此时已成为生活安稳的上班族，与看似新婚的漂亮妻子神情甜蜜地走在街头。救命恩人虽认出了青年，青年却早已把他忘得一干二净。两人四目相投，擦身而过的瞬间，一句招呼也没打。恩人在心里自言自语：

"啊，那家伙貌似正享受他的快乐人生。多亏当年我救了他一命哪。光是这么想想，就由衷感到满足。好在他把我忘了，不然要是跟那位年轻的太太介绍说，我是他的救命恩人，未免也太难为情了吧。"

恩人感慨着，胸中溢满了幸福之情，随后便消失在人群里。而年轻人这边，心里也在嘀咕：

"咦？刚才那人好像在哪里见过。是谁来着？莫非是当铺掌柜？话说，他晒得好黑啊……"

一小时过后，年轻人蓦然醒悟：

"哎呀，想起来了！那家伙是我的救命恩人。可是，见鬼！当年我若是死在山中，就能满怀热情和理想告别人世。不必像今天这样，做个穷酸的上班族，前途一片黯淡，生活毫无盼头，终日碌碌无为。假如当时我能死掉，人生该是多么浪漫的一段旅程。嘁！谁要对他感恩戴德。"

年轻人无法忍受自己今天这条命，是由他人所赐。这恰恰是他的可取之处。

不妨这么说吧：报恩的念头，会将人生禁锢在借贷关系的狭小框架里，一辈子受此局限。相比之下，学习猫的忘恩负义，反而会给予人生更多梦想，以及虚幻的可能性。

二十一　做人应当幸灾乐祸

拉罗什富科曾道："我们都有足够的坚强，去冷眼旁观他人的不幸。"此话着实辛辣讥讽，一语道出了人类的普遍心理，无一例外。总有结伴自杀的女学生，死前留下遗书，上写："因同情朋友的不幸，选择陪她一同赴死。"然而，这与其说是例外状况，不如归因于女学生特有的、病态的多愁善感。大体而言，凡是心理健康的人类，不管谁都适用以上这条格言。而心理健康的人，本质便是不道德的人。

世间有一类中年妇女，头脑缺缺，但闲暇多多，活着专以他人的灾祸不幸为食。

但凡交际圈有点风吹草动，便忙不迭抓起电话拨给朋友：

"喂，N太太吧？近来好吗？"

声音里掩不住的欣喜，按捺不住的雀跃。熟悉她为人的朋友，无须多言，早已洞悉了这通电话的意图。

"今早的报纸你读了没啊？S太太那口子，涉嫌犯罪被逮捕入狱了。唉，真够可怜的。S今后可怎么办呢？她家好几个小孩要养呢，你说是吧？怪让人心疼的。"

开心之情溢于言表。倘若此时，N太太追加报告说："我去

S家探望过了。一家子以泪洗面，S自己也卧病不起。"闻言，该妇女更是喜不自禁了。

次日，一通电话又打过来：

"听说Y太太那口子脑溢血过世了！要说Y这个人，还真是命苦。早些年过得太惨，吃尽了苦头，眼看熬到她先生当上了社长，这才几天工夫啊，人就走了？也太可怜了吧。天知道她得多伤心哪！不过，唉，她先生好歹也算出人头地了，想来她一家子今后也生计无忧了吧……"

"哪儿啊，听说她先生欠了一屁股债，根本没给她留下像样的遗产。"

"诶？真的假的?"

声音里的喜悦，藏都藏不住。

"现如今住的这栋房子，听说也二次抵押了呢。"

"哎呀，真的吗？这也太惨了。不不，N太太，绝对不能够，肯定是谣言。这么悲惨的一家人，命运还要继续折磨她们，简直没天理！"

"是我先生这么说的。你也知道，他那个人消息一向灵通得很。"

得到这番保证后，该妇女不禁大喜过望。听得出话筒对面的她，高兴得差点背过气去。

然而，这样的一名好事妇人，也最多归为"天真烂漫"这个类别。更富有内在攻击性的妇人，甚至会插手慈善事业。

在国外，每逢季节交替之时，总会频繁举办诸如慈善义演、慈善舞会、慈善游园会之类的社交活动（近来日本似乎也有此风气）。在纽约听一场歌剧，平时门票只需十美金，一旦冠以慈善演出之名，票价会立即飙升至几十美金。

以我们的肤浅想法：同样看一场演出，却要花费数倍的高价，这样的观众，莫不是脑子糊涂？实际上，这类慈善演出或慈善舞会，是唯有心甘情愿掏腰包的上流精英人士，才有资格被选中出席的豪华社交机会。也不知是谁，想出了这么绝妙的机制。我实在佩服得五体投地。此类活动的出席者，愈是奢豪靡费，竞相展示花钱的手笔，就愈能给慈善事业添砖加瓦。他们的所作所为，不仅满足了自身的奢欲与虚荣之心，也获得了贡献社会的满足感，同时再不必对穷人感到良心难安。全靠这套机制，那些聋哑学校、疗养机构，或残疾人康复中心等，也才从中获益，拿到了整个年度的运营经费。

然而，从更为恶意的角度去揣度，慈善演出或舞会的靡丽奢华、热闹喜气，并不仅仅为了上述目的。正如阳光必与阴影同在，这些人站在做善事的立场，以乐善好施自居，同时也深知在目光不及的角落，有一群等待救济与施舍的穷苦之人。这种优越感，犹如一味佐料，使他们聆听歌剧的序曲，或随着舞曲跳起华尔兹时，更平添几分陶醉。单单是些容光焕发、胳膊腿儿健全的有钱人自娱自乐，享受着歌剧与舞会的盛大繁华，从精神层面来讲，总感觉缺点什么，尚不能十分尽兴。为了体会更大的幸福与喜悦，背后须得有一群悲惨的残疾人充当布景板。再说了，这种本质而言不道德的快乐，非但不会遭受天谴，还能获得社会的称颂、世人的赞许，乃至神明的嘉奖。当然令人沉醉其中，欲罢不能了。

市中心有家紧挨剧院的餐馆，那里的露台总让我感叹，世间

103

怎有如此令人开心的设计！该餐馆位于花街柳巷之间，露台便搭建在河畔。初夏之夜，那些体格富态，看样子凑巧赶上朝鲜战争造成的物资短缺，从中大捞特捞，发了战争财的中年绅士，便偕同美艳的艺伎，趁着看戏的间隙来到露台纳凉。河岸这边，有笙歌曼舞、丝竹管弦、美酒佳肴，也有莺莺燕燕、富贵钱财。世间一切享乐，统统汇聚于此，可谓应有尽有。

同时，从这座露台还能眺望到绝妙的美景——恰好河对岸，是一座军医院，专门收容朝鲜动乱中伤病的外国残兵。每至黄昏，护士们便用轮椅推着病号出来散心。河岸边，处处可见伤兵垂头忧思的身影。草地上，也有头上裹着白色绷带，貌似伤情惨重的士兵，三三两两在那里休息。关键是，短短几年前，这群伤兵还曾是战胜我们的赢家。

那阵子，每当我来到此地，总要感慨命运的逆转何其不可思议。假若对岸的伤兵是日本人，哪怕是碍于面子，这边的客人多少也会表露出一点同情之意。然而，国家主义的傲慢，往往压倒世间一切。在这座露台悠然四顾的日本人，望着对岸的景象，不会有一人怀抱恻隐之情。正如拉罗什富科所言："我们都有足够的坚强，去冷眼旁观他人的不幸。"这是一种人类普遍心理的、极其自然的流露。

——经过细致入微的观察，我发现：人类维护自身精神健全的养分与补给，约有一半，来源于不可告人的"秘密药品或食品"，而他人的不幸，正是其中的一味良药。不过话说回来，就算再怎么提倡"做人最可贵是要坦诚"，当人家办丧事的时候，毫不掩饰内心的想法，拎着喜事用的糕饼，兴高采烈地登门道贺，也实在有违体统。又或者，在人家祸事临门之际，如此慰问：

"今日拜会，见诸位一切安好，心中甚感欣慰。此次得知贵府老爷因犯下欺诈盗用公款之罪已被收监，下半辈子要去吃牢饭了，我与外子不禁暗暗心喜。贵府老爷罪有应得，现已被缉拿入狱，想必夫人心中也大石落地了吧？真可谓扬眉吐气，畅快无比。料想令郎令爱，在学校里也会更加逍遥自在吧。外子也叮嘱我，务必尽早上门道喜。这不，我便匆匆忙忙、脚不沾地赶来了……"

再怎么标榜心直口快，这样子见祸而喜，直戳人家心窝子，也太不像话了！

二十二　应当炫耀争强斗狠的本领

年轻人总爱争强斗狠，尤其热衷于吹嘘这方面的经历。假如年纪轻轻，却一味标榜爱好和平，那么背地里，多半是个动不动失恋的"不逞之徒"。

前阵子的圣诞夜，我家两口子与黛敏郎[1]夫妇，相约去夜总会消遣。一连玩了好几家，直至筋疲力尽。最后，四人决定去一家御好烧店吃夜宵。刚一登上店家二楼，就听见屏风后面有群十几岁的少年，正吵吵嚷嚷地追加点单，同时彼此炫耀着"平安夜"里与人斗殴的事迹。圣诞夜、御好烧、打架斗殴——仿佛一段凑齐了三个笑点的单口相声，听得我不由来了兴致。

"条子有啥可怕的？我就抓住那家伙的脑袋，瞅准窗户死命撞过去，撞他个满脸玻璃碴……"

这番不知天高地厚的吹嘘，犹如法华宗的行脚信徒，边走边敲击着手鼓，一声连一声，越敲越开怀，胸中快乐无边。

这帮人席间似乎也有一两名女生，却都一声不响，看情形大概是对男孩们的自吹自擂彻底听入了迷。

1　黛敏郎（1929—1997）：日本作曲家。日本二战后古典音乐、现代音乐界的代表人物。

——说到这里，我想起一位久违的老友，每次见面，总要得意扬扬地宣讲自己的"丰功伟绩"。

战争刚结束那会儿，有阵子他常炫耀自己在特攻队里立下的功勋。据说当时，他身背降落伞，从一架熊熊燃烧的战斗机里跳出来，却发现眼前竟有个美国大兵，也背着降落伞正往下坠。两人当即拔枪，在空中火拼起来，而他射出的子弹，恰好命中了美国兵的降落伞。说时迟那时快，只见那朵降落伞犹如白昼里的牵牛花，"倏"的一下便萎谢了。美国兵跌落地面，在撞击中当场丧生。朋友这段英雄往事，听得我肃然起敬。

大约一年前再度碰面时，他拿来夸口的事迹，却骤然降了好几个规格。这回的舞台背景，切换到了私营铁路的车站前。

据说当日，他被五六个借故寻衅的街头混混团团围住。到了如今这年纪，他已懂得了行事的轻重深浅，明白万一鲁莽应战，出手打伤对方，反倒会惹来无谓的麻烦。遂强按心头怒气，任由对方推搡戏弄。不料几个混混越发蹬鼻子上脸，居然得寸进尺，强令他跪地求饶。他硬生生压下胸中蹿腾的怒火，不顾身上簇新笔挺的裤子，屈膝在柏油路上跪了下来。这时，他忽然瞥见围观的人墙中，站着一位熟识的刑警。只听刑警冲他吼道：

"喂！N君，犯不着忍到这种地步！揍他丫的！揍啊！"

"哟西，那老子可就不客气了！"

他一把捋过眼前那名混混的腿，将其撂倒，又把其余冲上来的几人，见一个收拾一个，统统干翻在地。等到回过神来，只见四名烂崽昏倒在自己脚边，剩下两人早已一溜烟逃得不见踪影……

如此三流电影般的情节，从他嘴里绘形绘色讲出来，虽说虚实难辨，却意外地逼真可信，听得我津津有味。

　　在各种吹牛皮的戏码当中，恐怕唯有夸耀自己争强斗狠的本领，安全系数最高。要么，是修理了某某人；要么，是把谁谁揍得鼻血糊脸……情节基本都遵从固定的套路。作为聊天时的谈资，再没有比这更好的素材。在所有的自吹自擂当中，这是最不遭人厌烦的一种。你若显摆海外旅游的经历，从没出过国的人听来定觉刺耳；自夸帅气能干、桃花运不断，未免恶臭令人掩鼻；喜好掉书袋、卖弄学问之人，反而大多内在贫瘠；对任职的公司或单位沾沾自喜，会暴露骨子里的奴性；高调展示工作成绩，听者只觉索然乏味；张扬家世根底，又早已老土落伍。

　　我有个朋友，某天正欲和一女子亲热，那女子钻进被窝，却忽然想起了什么似的，口中报出一个人名，问了句：

　　"哎，你认识××吗？"

　　朋友答曰不认识。女子格外惊诧：

　　"什么？你不认识？他可是前任邮政部长，也是我家伯父呢。"

　　我朋友顿时倒足胃口，再也提不起亲热的兴致，之后便甩了那女子。

　　有些当爹妈的喜欢晒自家孩儿，听的人却一肚子不耐烦。假如某位老爹，长得一副癞蛤蟆样儿，却爱跟人显摆："你瞅俺家闺女，跟俺像不像一个模子刻出来的？"只会让人寄予无限哀思。

　　秀自家的车子，难免廉价低级；秀自家房子更蠢，反正别人也只能听听，又没住进去的福气；至于秀自己的妻子，可谓脑子有点毛病……总之，对自己的优势夸夸其谈，只会令听者无语，转而暗中腹诽。唯独卖弄争强斗狠的经历，会让双方皆痛快淋漓。近来，连女性也开始得意于这方面的经验了。

"我撸起袖子，冲那帮小鬼头撂下狠话："不服气？那就上外面单挑好啦。'吓得他们跟群小耗子似的，四散飞逃，一下子全跑光了。那叫一个爽啊！"

说这话的，倘若是位模样楚楚可怜的姑娘，更是别有一番风情。

相反，若是在夜总会和兼职陪酒的主妇、OL跳舞，却听对方说：

"我和I女星签了同一家公司呢。"

"哦？××电影公司吗？你在里面负责什么工作？"

"就是通常所说的影坛新人呀。我已经拍过四五部片子了呢。"

听到这样自抬身价的话，反而使人心头凄凉。

宣扬打架方面的本领，坦露的只是争斗之中完全非功利性的一面。争强好斗的人自不必提，素来与冲突无缘的人，也乐于洗耳倾听。理由在于，对这种事洋洋自得，只会拉低一个人的口碑，而非抬高其身价。不过话说回来，比起没完没了地卖惨，交代自己如何缺点多多，搞得别人透不过气来，忍不住卖弄一下要狠的经验，反而能够娱乐听者，使人心情畅快。因为，它将"夸耀"这个积极自信的元素，与"争斗"这个略显负面的元素，做了完美的折中。

有生以来，我听过的所有自卖自夸当中，最令人捧腹叫绝的一段话，出自某个练健美的鱼市小哥，尽管它与打架斗狠无关：

"我家那地界，风水可真不得了哈！前排那一户，犯下恐吓罪，

109

让条子给逮走了。隔壁家的女儿，干着顺手牵羊的勾当。再往前数第三家，抢劫未遂。后排那一户，涉嫌人身伤害。"

其实，炫耀争强斗狠的经历，也和小哥的这种情形类似。某些事，在社会的一般共识当中，是不太适合拿出来说嘴的。然而，透过一种张扬的形式，刻意将之坦露人前，却表达出一种活泼叛逆的精神。如果把社会共识无条件盖章认可的"正面"资历，作为自我吹捧的素材，则无论如何免不了惹人生厌。比如，四处宣扬打赢了体育比赛，就比夸口干架勇猛，听起来难消化得多。

至于掐架玩命的动机，大抵是本算不清的糊涂账。有时，是被谁不怀好意地瞅了一眼；有时，是在人来人往的地方脚伸太长，妨碍了哪位大哥走道；总之，以鸡毛蒜皮的屁事居多。说来，能为这点小事分分钟青筋暴起，也算一项天赋。两三天前，我看了部电影名叫《锦绣大地》[1]。片中有个人道主义的英雄，不仅实力与勇气兼具，也从不为鸡零狗碎的小事发火。可惜，这家伙偏偏由我最讨厌的男星扮演，看得我胃里酸水直冒，简直作呕。

通常而言，打架斗狠大多起因于无谓的小事。最终，一点点不满，引爆了激烈的争端。毕竟人生里的事件，一件件一桩桩，未必都有线索分明的动机。而先凑足充分的理由，几经酝酿后方才大打出手，这种模式未免太过戏剧化，也丧失了纯粹的非功利性。同时，也将人的行为，视为可以靠理论来约束驾驭的"人造产物"。如此煞风景的经历，不值得引以为傲。

说到争强斗狠，最近我听闻了一则趣事：有那么一对兄弟，

---

1 《锦绣大地》(*The Big Country*, 1958年)：西部片经典之作，由威廉·惠勒执导，格利高里·派克主演。讲述西部牧场中，几方为了争夺水源而爆发的冲突。

每次只要开打，弟弟定会摸出两把杀鱼刀，一把递给哥哥，然后才叮叮咣咣互砍起来。我原本猜想，两兄弟八成是十来岁的小毛孩。谁知哥哥已年届三十，弟弟也二十八了。就连从不大惊小怪的我，闻之也张口结舌，差点合不上下巴。

二十三　应当多说违心的奉承话

　　世间若有讨厌听奉承话的人，我倒真想见上一见。其中尤以女性和掌权者，最享受被人恭维的滋味，是该领域的佼佼者。不妨在此下个断言：越是嘴上摆谱，喊得响亮，"我最痛恨马屁精"，其人越是马屁界的"收藏家"，比谁都更贪图他人的阿谀逢迎。

　　我的知交当中，有个性情豪放的人物。某天，他登门拜访好友，对方家里两个正值妙龄的女儿，来到玄关处迎候。谁知，他却发出感慨：

　　"唉，你家这俩姑娘，真是一个比一个丑啊！"

　　后来听说，好友的太太对他下了逐客令，再不许他登门。

　　这种胡话，就是坚信"口无虚言真君子，溜须拍马皆小人"的道德家，在几杯黄汤下肚之后，仗着酒盖住脸说出来的。就算人家的女儿姿色欠佳，你默默藏在心里就好，犯不着语出伤人。与之对比，还有一类道貌岸然的绅士，内心其实醒龊不堪，个个都是马屁界的行家里手。他们深知，所谓"人性的真面目""人生的真相"，是绝不可轻易向人坦露的东西。就好比，贵妇总爱把珍藏的钻石首饰，寄放在银行的保险箱里，而出门的时候，脖子上惯例佩戴的是原件尺寸的玻璃赝品。人生的真相亦是如此。

需要将真相和盘托出的时刻，十年甚至二十年也遇不上一回，绝大多数日子里，用假货蒙混过关即可。世道人心，向来如是。假如有谁三天两头怀抱火球横冲直撞，被烧得体无完肤的，首先必是其人自己。

二战之前，有位贵族出身的知名政治家，一向自诩对溜须拍马深恶痛绝。假若有谁试图讨他欢心，当面说好听话：

"哎呀，阁下风度翩翩，宛如贵公子。真可谓气宇不凡，令人拜服啊。"

又或者：

"阁下的英明高见，简直可与俾斯麦[1]匹敌。"

这样"不识趣"的家伙，会立即遭到他的白眼，今后再也别想得到他的接见。相反，那些言辞无礼、粗话连篇的家伙，却总被他另眼相看，而大获优待。比方说：

"唉，阁下总爱端着一副美男子的派头，可您这种相貌，更适合冠袍带履，穿戴古时候的朝服，放在如今早已不合时宜。"

再不然：

"阁下的想法根本行不通嘛。又要搞哈姆雷特那套'忍辱偷生还是挺身反抗，哪一个更加高尚'吗？照您这种思路，咱们大伙非得挨个去跳崖才够高尚呢。实在是想得儿戏、说得轻巧啊……"

一通打击挖苦，大政治家却乐呵呵的，不恼反笑。

乍看之下，政治家宽厚豁达，对谄媚之徒避之不及，更加器

---

1 俾斯麦（Bismarck，1815—1898）：德意志帝国第一任宰相，凭"铁血政策"统一了德国。人称"铁血宰相"。

重直言进谏的正人君子，堪称是东方豪杰。实际不然，这位政治家才是地地道道的"捧臭脚爱好者"。他出身尊贵、祖荫优渥，看待那些溢美之词，就仿佛吃腻的高级西餐或日式料理，反而对茶泡饭、烤番薯、今川烧之类的平民美食胃口大开。什么"翩翩贵公子"呀，"英明高见"呀，这些吹捧从孩提时代起，他早已超量摄入，撑得打嗝。如今谁再跟他来这一套，只会令他感到牙碜。相反，谁若是挖苦他的相貌，调侃他蹩脚的高尔夫球技，听来倒还新鲜有趣，正中他下怀。而这帮投其所好的马屁精，可谓深谙吹拍之道，手法也更加精妙，从不真正戳其痛处、伤其自尊，只挑些无关紧要的部位，略挠几下痒痒。况且，乍看之下是在直言规劝，显得体面多了。围绕在权贵身边，负责抬轿子的这帮家伙，必定个个心思机巧，精通逢迎之术。有时，要佯装气恼，稍做顶撞；有时，要假意摆出主动绝交的姿态。溜须拍马的最高境界，大概正是这样，挑起一些无伤大雅的分歧，吵几句嘴，闹点小别扭。

一位法国朋友，曾传授我说恭维话的秘诀。面对百战百胜的将军，不要去赞美他：

"您不愧是举世无双的战术家！"

而应当瞄准一些鲜有人吹拍的穴位：

"将军，您真是不折不扣的美髯公！"

同一套恭维话再三收听，难免也会索然无味。人总盼望听到另辟蹊径的赞美，为此而心痒难搔。这些渴望抚摸的部位，虽多是不起眼的小地方，但若能被谁"搔一搔"，巧妙地服侍一番，定然有触及心灵之功效。与其称赞大政治家的施政手腕如何高明，实业家的经营才略如何杰出，倒不如恭维他仙人掌种得漂亮，选领带的品位独到，小曲儿唱得美妙，反而更能搔到痒处。

艺伎们对这种微妙人情的拿捏，更是分寸得宜，堪称专家级水准。面对官威赫赫，谁也不敢造次的大政治家，她们却满不在乎，敢去他的秃脑瓢上"啪叽"扇一巴掌。同时也懂得故作乖巧，表现出一副深为其男子气概折服的小女人姿态。从事艺伎这个行当，须谨记女人所应扮演的角色，不可越雷池一步。倘若艺伎摇身成了女官员，哪怕她天真地卖弄风情，以撒娇挑逗来取悦，只怕也很难使男人心有所动吧。

在国外，也存在心机单纯，喜好被恭维的人。素来毒舌的圣伯夫[1]，在《文学肖像》中便刻画过一个绝佳的例子。不是别人，正是大名鼎鼎的文豪维克多·雨果。

雨果这个人，同时具备恶俗与天真两种特质。人老珠黄的朱丽叶，便是施尽鄙俗的谄媚功夫，才将他笼络得服服帖帖，成了他的身边人。对此，演员弗雷德里克曾向我透露：

> 那女人时常花言巧语，要么赞美他伟大，要么吹捧他英俊，以此讨得他的欢心，更把他攥在了手掌心。雨果天天往她家里跑，就为听一句夸奖：'您真是光彩照人！'她就是凭借这套嘴上功夫，从他手里骗取

1　夏尔·奥古斯丁·圣伯夫（Charles-Augustin Sainte-Beuve, 1804—1869）：法国浪漫主义代表作家、文艺批评家，号称"近代文学批评之父"。代表作：《周一漫谈》《文学肖像》等。

家用（雨果在这方面颇为吝啬）。就连交给他的购物收据，也如此写道："我朝思暮想的爱人，我的国王，我的天使，我英俊的维克多啊！近日的采购支出和洗衣费用如下所列……假如您那优美的双手，能赐我十五索尔，该是何等幸福啊！"云云。

——举出这样的事例，或许会使诸君误解，此类花言巧语，都是弱者为了笼络强者，而耍弄的女性化的谄媚手段。诚然，权势者皆为强者。但实际上，女性爱好被追捧的程度，并不亚于权势人物。这岂非等于，女人因而便处在了强者的地位？这套逻辑，至此便出现了矛盾，行不通了。

其实总的来说，权势者也好，女人也罢，都属于一类物种。他们享受蒙蔽双眼的滋味，不去正视人生与社会的真相。在这一点上，权势者与女人相差无几，可谓半斤八两。换言之，他们都如同营养美味的水果或食饵。甜甜的果子，自然会招得蚂蚁蜂拥而至。贪婪的蚁群无不渴望从中沾点甜头，争先恐后扑向食饵，玩弄各种花招，遮蔽了猎物的视线，使他们愈发远离现实与真相。然而，世事之吊诡在于：这些马屁高手虽个个是务实主义者，若问他们是否更能认清人生的真相，在这个问题上，却也怪哉。巧言令色，从中渔利的人，眼中所能看见的，往往也只是人生的一个侧面。

至于那些唐璜式的花花公子，一年到头招蜂引蝶，对待不同的女人，先貌似真心地叹上口气，转而再奉上同一套甜言蜜语：

"您真是个美丽尤物！"

116

他们绝不仅仅是阅遍女色，摸清了女人劣根的务实主义者，多半更是天真乐观的梦想家。毕竟，真正能做到罔顾事实、昧着良心说瞎话，终究也需要点天分，都可谓是某种意义上的"天赋鬼才"吧？

二十四　谈谈所谓"意乱情迷"[1]

　　今天，我打算谈谈"意乱情迷"这个概念。多年以前，它诞生于某个性情古怪的小说家之笔，曾一度因作品畅销，成为时髦的热词，而如今早已褪了流行。热点事物总会不断变迁，但不道德的人性却万古不易。

　　三宅艳子女士曾写过一篇文章，旨在探讨人妻"红杏出墙"，令我至今印象犹存。此刻，该书不在我手边，无法逐字逐句引用原文，但我记忆中大意如下：

　　　女人若有心"红杏出墙"，根本不必大动干戈地寻求肉体之欢，也能充分乐在其中。从这个角度来说，哪怕是新婚不久的年轻太太，也不乏出轨的可能。有一次我（三宅女士）到别人家做客，无意间听到他家刚过门不久的新娘，正在厨房里和男推销员高声谈笑，不时发出婉转娇嗲的笑声，听得我阵阵恶寒。凭着同为女人

1　意乱情迷：日文为"よろめき"，出自三岛由纪夫1957年发表的小说《美德的动摇》。该词原有踉跄、跌撞之意，后来因小说畅销，遂成为"出轨"的代名词，引申为意乱情迷、朝三暮四、见异思迁等。

的直觉，我敢断定这位太太"出轨"了。不过，是另一种意义的出轨。它转瞬即逝，就连当事者本人也未曾有所意识，便已忘诸脑后，丝毫不妨碍这对年轻小夫妇继续如胶似漆。

文章的内容大致如上所述。假如和推销员大声说笑几句，也要被列入出轨的罪状，那么当丈夫的恐怕也是自寻烦恼，动辄减寿吧。通常来说，这种程度的暧昧"小动作"，并不会被视为出轨。不过，袖手不闻不问是否妥当，倒是个值得探讨的问题，容我稍后再详述。

《一千零一夜》当中，有这样一则故事。国王山努亚与他的弟弟出外旅行，来到一处海边牧场，便停下来稍事休息。此时，海面蓦然喷出

一股巨大的水柱，两人慌忙爬上一棵大树躲避。不料，水柱中央出现了一尊身形庞大的魔神，头上顶着只水晶樽，脚步沉重地缓缓走上岸，在大树底下坐了下来，随即从樽内取出一只上了七道锁的小箱子，依次将锁打开。只见，自箱子里居然走出一名如花似玉的少女。魔神与少女爱意呢哝一番后，便枕在她膝头兀自睡去。

此时，少女抬头望见躲在枝头的兄弟，便招呼道：

"下来吧。你们不必害怕。"

兄弟二人迟疑着不敢动作。少女见状，便吓唬他们，若不赶紧下来，就要喊醒自己的魔神丈夫。二人无奈只好爬下树。谁知少女当即施展起媚术，露骨地撩拨起来。男子们战战兢兢，回绝

了她的挑逗，却被少女又是一阵恐吓，最终不敢不从，只得与她云雨了一番。

事毕，少女从钱袋里扯出一条串满五百七十颗戒指的丝带。在少女的威逼下，国王与弟弟也不得已交出了自己的戒指。换个说法，少女的收藏又增添了两枚。

鉴于这次恐怖的经历，国王山努亚领悟了一个可怕的真理：世上压根不存在什么贞洁烈女。就连法力无边的魔神，也无法牢牢拴住妻子的心。纵有设了七重锁的箱子，也锁不住姬妾偷情的念头。

这位魔神的宠姬，虽是个彻头彻尾的"纵欲派"。但在我看来，这则古老神话，不如说是借由对肉体之欢的描写，反映了女人共有的普遍心理。哪怕魔神将女人囚禁在七重锁的箱内，企图凭力量予以征服，但只要尚未彻底收服她的心，她便永远蠢蠢欲动，难以定性。

症结在于，"女人心"这劳什子的构造不同。

男女之间最大的分歧，在于男人将精神与肉体有意识地区别开来。而对女人来说，两者任何时候都浑然不可分割，无论精神高贵，或是低贱，都与肉体剥不开关系。从这一点来看，女人与男人的判定标准截然不同。换言之，对精神与肉体加以区分，是男人特有的思考命题。而在女人眼中，两者根本是一回事。因此，对丈夫纯粹满足肉欲的寻欢行为，妻子往往妒火中烧。但这也无可厚非，毕竟女人只会从自身的视角以己推人，不管丈夫如何解释，"一切不过是逢场作戏"，她也只会认定，这纯属丈夫的狡辩之词。上述那位魔神的宠姬，尽管属于"纵欲派"，但她的浮浪行为，从女性视角来看，也依然逃不脱"情感出轨"的嫌疑。因为，与男人的寻欢作乐不同，女人的意乱情迷性质更为严重。比如，与五百名男人有染的女子，早已是将灵魂彻底出卖的可悲荡妇，而与五百个女人交欢的男子，充其量只是行为不羁的浪子，精神层面依旧是顶天立地、值得尊敬的好汉。这样的例子并不鲜见。而这种不公的论调，源于男女生理与心理机制的差异，实属无可奈何。

在此，话题回到篇首"红杏出墙"的事例。从女性的角度来说，与推销员谈笑调情，和实际跟丈夫以外的男人发生肉体关系，这两种形式的出轨，只存在程度与次数的区别，并无实质性差异。即便它们貌似"本质不同"，也全仗复杂的社会、宗教或文化观念，虚设了各种人为的屏障，以示区隔。因此，即便要给"红杏出墙"定罪，也无从判断具体触犯哪道红线方可入罪，并不存在一条清晰可行的标准。通常，宗教会设立相关的行为准绳。但若依从那套教义，倒不如索性像佛教一样，将女人本身视作罪业深重的存在，道理更说得通。

我这样讲，显得像个"反女性主义者"。实际不然。我所说的"罪业"，也可置换为女性的"宿命"。诸君不妨把这种"容易将精神肉体混为一谈"的女性特质，暂且称为"业障"。麻烦的是，女性最高贵或最低劣的德行，都源自同一种宿命，同一种业障，同一种根深蒂固的习性，最终，呈现为一致的外在形式。无论崇高的母爱，或对丈夫的关爱奉献，以及"红杏出墙"，或与推销员的暧昧谈笑……不同的表现，一概发源于相同的宿命，依循着女性自身的心理脉络。

"人妻不禁意乱情迷"——当古怪的小说家提笔写下这句话时，是在暗示妻子已与其他男人有了肉体之欢。当然，假如丈夫得知真相，定会又恼又恨，嫉妒得发狂吧。不过女性必须了解：同为嫉妒，女人和男人的性质截然不同。

女人的嫉妒，出自前文所述的相同习性，以及深刻宿命。而男人的嫉妒，却是两码事，远远超出其本人的意识，具有强烈的社会属性。

虚荣心、自尊心、独占欲、男人特有的社会尊严与体面、身为男性对能力的自负……这些一概具有社会属性。当它们遭遇毁灭性的打击时，所产生的痛苦情绪，便构成了男人的嫉妒表现。甚至不妨断言：男人最疯狂的嫉妒，本质是一种颜面扫地后的恼羞成怒。听到这样的论调，或许会有读者反驳说："你的人生经验还太浅！"而我会立即回敬："是阁下对自己认识不清！"

话说，当我针对"不道德的人性"侃侃而谈时，也依旧在撰写"人妻红杏出墙"的通俗小说。依照这类小说的常见论调，"女人在委身之后，就成了弱势的一方"。事实果真如此吗？莫非，女人在投入肉体之欢的同时，也献出了与之等量的几百克心灵？又或者，哪怕只是精神开了点小差，现实中一个吻都不曾发生过，但随着心之所向，也交付了同等比例的几百克隐形肉体呢？

二十五　一个"0"的恐怖

　　任职于某政府机构的一位马大哈公务员，在誊抄"中国台湾香蕉进口计划书"时，误将数字少写了一个"0"。说实在，这种错误日常不算少见。我在公家单位担任事务员的年月里，经常熬夜写小说，搞得头脑昏昏、睡眠不足，上班时不是把6写成9，就是把8写成3，三天两头遭上司臭骂："再不敢相信你做的报表了!"话虽如此，在"衙门"里当差，依旧逍遥自在，终日无所事事，犹如置身人间仙境。

　　可惜，篇首提到的公务员就没这么好的运气了。他递交的报告层层上达，从课长到局长，再从局长到财政部长，最终连同各类数量繁多的统计报告，被装订成电话簿一般厚厚的册子，呈送到了内阁会议的桌上。

　　与此同时，另一个部委的部长分外贪吃香蕉，胃口之大堪称常人难及，纵是吃上几万，乃至几十万根，对他来说恐怕也不在话下。不过，光吃香蕉未免难以消化，若能换成钞票进贡，则更合乎他的口味……说到这里，诸位想必明白我的意思了吧?

　　且说这位部长，面对事关自己"口福"的重大问题，翻开厚厚的统计册，将目光率先落在了香蕉的进口数字上。正如棒球社的选手，在校友会厚厚的内部通讯里专拣棒球赛事的报道拼命研读，逐字逐句查漏挑错一样，这位部长也火眼金睛，一下便留意到了数字错误。

"搞什么嘛，居然少写一个0！这种瞎编乱造的报表，其他统计事项，准确度估计也堪忧。"

他怒气冲冲，向公务员所属机构的部长怪罪道。

部长回到单位，开始数落局长。局长唤来了课长，展开长篇大论的说教。课长返回工位，对着马大哈的小公务员咆哮。可怜的年轻人，差点被课长飚出的口水冲飞至一米开外的墙角。

仅仅缺了一个0，便掀起如此恐怖的连锁风暴。社会正是这般险恶。相传有位小说家，同时在中央与地方的两家报纸连载作品。有一次他张冠李戴，弄错了两个故事的女主角名字，搞得读者满头雾水，却未听说他本人遭受过什么舆论谴责。大概身为小说家，本来便是超脱于这个社会的"槛外人"吧。

接下来，不妨运用小说的构思手法，想象一番连锁风暴假如未曾殃及小公务员，而是调头朝始料未及的方向一路席卷，结果又将如何。

内阁会议上，香蕉部长一声怒喝：

"怎么少了一个0！"

闻言，小公务员的顶头部长当即出言反驳：

"何以您偏偏去留意这些细枝末节呢？"

内阁会议的内容，一向是不予公开的政府机密。但秘密的宿命，便是必然遭人泄露。两位部长关于香蕉的这场舌战，成了各路记者争相报道的热门话题。末了，又被反对党大肆利用，爆出了香蕉部长贪污渎职的丑闻。检察厅随后介入，发起了反腐调查，并送交法院详加审理。最终，整个内阁由于一起香蕉贪污案，而土崩瓦解。若说事出有因，这场风暴的源头，不过是一名小职员漏写了一个0。之所以犯下这低级错误，只因他头天晚上与新宿的酒吧女共度良宵，导致睡眠不足，上班跑神。

在这场政坛大震荡中，身为罪魁祸首的酒吧女却依然故我，每晚端着风俗行业称为"开胃冷盘"或"什锦果盘"的大碟子，盛满一截截黑兮兮、软趴趴的香蕉，穿梭于吧台与包厢之间……

这则短篇小说将取名《香蕉》。不过，我可不会写这种以"组织与个人的宿命瓜葛"为主题的老土小说。

闲话休提。

人生便是如此。有时一只小小齿轮的意外脱落，便可引发惊天动地的风波。战争也好，重大事件也罢，未必皆由高尚的动机、观点的龃龉所导致。哪怕一次微乎其微的失误，也足以酿就一场灭顶之灾。伟大的思想与哲学，泰半不会掀起什么重大的历史事件，而是在卷帙中寂寂生锈，湮没于时间的尘烟。直至后世的史学教授，为了对历史进行添油加醋、穿凿附会的阐释，才会搬出前人的思想与哲学，试图说明它们对地球上诸种大事记的影响。

有一个著名的传说：法王路易十六的王后玛丽·安托瓦内特[1]，听到皇宫外饥民暴动的喧嚣，不解地询问家臣：

---

1 玛丽·安托瓦内特（Marie-Antoinette, 1755—1793）：法王路易十六的妻子，生活极度奢靡，导致民间怨声载道。法国大革命爆发后，被称为"赤字夫人"，最终被送上断头台。"农民没有面包，就让他们吃蛋糕吧！"此话原出于让·雅克·卢梭的《忏悔录》，被误传为玛丽所说。

"那些人干吗吵闹呀？"

"他们没有面包吃了。"

家臣答道。闻言，玛丽歪着漂亮可爱的脸蛋，迷惑地问：

"这有什么可大惊小怪呢？没有面包的话，改吃蛋糕不就行了？"

说这话时，玛丽一派天真，丝毫未曾意识到事态何其严重，以为就像漏写了一个零，不值得大动干戈，结果却成了法国大革命的导火索。

命运时常对那些鸡毛蒜皮的小事，赋以深刻重大的命题。只有待风波落定，回首当初，我们才能醒悟一次微小的疏忽，是否会导致滔天大祸。于是，那些饱经世故的人，由此总结出了"小心驶得万年船"的人生哲理。可惜，不论处世谨小慎微，还是胆大包天、我行我素，结果多数时候都相差无几。世间之事便有趣在这里：有时，胆小鬼也会因小错而酿大祸；横冲直撞的愣头青，反而皮毛无损，不会遭遇任何伤害。我们每日所犯的诸多"小失误"里，存在几万分之一的概率，会直接扭转命运的走向。一旦触到了这样的"霉头"，往往吃不了兜着走。不过，诸君也莫要太过忧虑，这种情况如同中彩票，轻易不会被你摊上。

人在不经意间犯下的疏失，最终却左右了其人的一生——这种匪夷所思的现象，有一说一，从本质上要比许多罪恶行径或不道德之事，给社会带来更为可怖的影响。说不定一个人蓄意作恶，与仅仅是失手犯错相比，其后果更为容易预测。

当女佣不小心打碎了茶杯，人们往往会说："你又不是故意的，只不过没留神手滑而已，我不会放在心上。"可见，人们实

126

在难以狠下心去惩罚"失误"。每逢此时，顶多骂骂咧咧几句，把对方一巴掌搓到一米开外的墙根去算完。但是，这种思维的背后，其实往往隐藏着人们对"犯错"的畏怯与焦虑。试想一下，假如我失手把总理大臣从大厦的楼顶推落下去，下场将会怎样？

万幸的是，科学认为：人类原本就是不轻易犯错的动物。这是人类能够相互熟悉、建立亲密的唯一保证。假如失去这份信任，人与人之间，将彼此成为永远无法靠近的恐怖存在。

二十六　道德真空的国度

Y教授是英伦人，在某大学里任教几十年，是个严谨的饱学之士，在一众旅日外国人当中颇具声望。

教授今年六十有七，身子骨依旧硬朗。不过，说他硬朗，也并非实业家油光满面、膘肥体壮的类型，而是一副清癯的学者风貌，总的来说无甚大恙。至于教授夫人，多年委身病榻，早已形容枯槁，行动亦不甚灵便。

作为副业，Y教授在自家旁边开了一间餐馆，以包吃包住的形式，雇了四五名不施粉黛、朴素活泼的少女来打理店务。每日除了点菜、端盘子之外，这群少女还要从事一项领取加班费的特殊工作。说到这里，恐怕诸君早就想歪了吧？没那回事。小丫头个个泼辣得狠，哪怕老先生敢去轻轻捏一下小手，也要遭到她们的严词呵斥：

"讨厌！少碰我！"

她们的特殊工作，是每晚轮流去教授的卧房，给睡不着觉的老先生讲催眠故事，直到凌晨三时。故事内容自然不会有丝毫猥琐下流的成分。Y教授的日语颇为灵光，女孩会讲讲自己家乡的传说，或从祖母那里听来的民间旧闻，偶尔也会应教授的要求，给他唱五六首童谣作为催眠曲。要不了多大功夫，教授便鼻息酣沉地进入了睡梦。此时，身穿白围裙的少女就可以蹑手蹑脚溜回自己的寝室，次日清早也能饱饱睡个懒觉，不必担心谁来责备。

下雨的夜晚，打烊的餐馆已彻底熄灯，唯独邻屋老教授的卧房仍散发些许灯光，玻璃上映出女孩的侧影，纯真的童谣伴着淅沥的雨声，在夜色里无边无际地流淌。此刻已是凌晨两三点，迟归的醉汉或路人，若恰好打此处经过，恐怕会错愕地抬头向窗子张望，心中猜测：这里莫不是住了个神经错乱的女人？

——这段故事的主角，由于是个外国人，听起来似乎格外凄凉。

外国人脸上，为何总挂着一团落寞之色呢？

我在日本的时候，最痛恨一个人在外用餐，从未单独下过馆子。后来到了国外，就身不由己了，只好独自出门吃饭。一进餐馆，四周净是成双成对的夫妻或其乐融融的一家人，一派热热闹闹的团圆景象。尽管对方并未刻意向我投来打量的目光，我仍感到格外形单影只，仿佛手中握着刀叉，在跳一场寂寞独舞。

因此，当我在银座的餐厅与家人为伴，或身边簇拥着快乐的友人，开开心心共进晚餐时，不经意瞥见一位老外孤独地端坐桌前，规规矩矩吃着盘中的食物，便会油然忆起自己曾经的模样，忍不住满腔同情。

在日本长期定居的外国人数不胜数。其中，也不乏成就卓著的人物。我无意在本篇中一一列举以Y教授为代表的外国人，如何如何优秀。毕竟，这可是不道德教育讲座。

然而，这些居住在日本的外国人，无论拖家带口或尚未婚娶

（有官职或军务的群体另当别论），脸上总挂着一丝莫可名状的空虚寂寥之色。究竟是何缘故？

说白了吧。因为日本这个国家对他们而言，是个"没有道德的真空地带"。

逃离了基督教国家严格的道德约束，远渡重洋来到日本，找到一片安身宝地的外国人，简直不计其数。在这里，哪怕与别人家的太太有染，情妇从零号排到了二号、三号……只要有钱，便万事大吉。想搞断袖之癖，同样不在话下。当然，这些事在国外也随处可见。但在教义当中，毕竟属于对神的冒犯与忤逆，被定性为一桩"罪行"，必须做好遭受世人唾弃，或失去社会地位的心理准备。那么，在日本情况如何呢？统统不成问题。这块土地在耶稣的管辖范围之外，不由他老人家做主，而故国那些古老的道德规训，也失去了所有效力，尽可以为所欲为，忘却一切"罪孽"的指责。只是，在高枕无忧的同时，他们的脸上也渐渐刻满了难以言喻的寂寥与空虚。西洋人还真是可怜，没有道德的约束，他们简直活不下去。

而日本人又如何呢？

尽管也需面对日本社会的一些规约或禁忌，但行事的自由程度，与在日的外国人大抵无异。不会为了所谓的"道德感"而自寻烦恼，可以毫无包袱地干各种坏事。况且，日本人在体力方面也不如西洋人，纵是作恶，也仅限于小打小闹，搞不出什么翻天覆地的大动静。毕竟，体力是道德感的代偿。欠缺的道德感，需要拿体力来填补。此外，日本人再怎么享受干坏事的乐趣，也不会像西洋人，把空虚寂寞刻在脸上，照旧面色愉悦，逍遥自在地快活度日。原因在于，日本人自古以来崇尚的神明就不像基督教的上帝那样严厉，端着高高在上的架子，嫉妒心旺盛，以作弄人为乐，且如老处女般禁欲。所以，日本人没有被神明折磨、鞭笞的经验，也因此不会一面干着坏事，一面敬慕那个惩罚自己的神明，渴求它的垂青。日本人向来没有这种复杂变态的心理包袱。

诸位，我们能够生长在一个不受上帝统治的国度，何其有幸，快乐简直无以言表。倘若安居在日本这片乐土，还要去膜拜上帝，脑子是不是有点毛病？

说到这里，顺带讲讲前阵子，我为了做点调研，特意拜访了一位据称狐仙附体的老妪。我谎称是一家纸箱作坊的少掌柜，由于经济不景气，厂子濒临倒闭，所以来求仙人指点迷津。

我伏身在一座稻荷大明神[1]像前。殿内摆放着黄鼠狼皮，以及一堆似乎意味深长的饰品。老妪挥舞着祭神除邪的拂帚，浑身筛糠般抖动了片刻后，忽然狠狠瞪住趴在地上的我，喝道：

"呔！这位后生！老朽我乃你出生之地的守护神！你好大的胆子，竟敢终日挥霍无度，花天酒地，不仅沉迷口腹之欲，更纵情声色，穿梭于烟花柳巷。如此罪孽深重，你究竟有何颜面，出现在神明面前！？"

上来我便被劈头盖脸地痛骂了一顿。接着，是絮絮叨叨、没完没了的训诫，教导我唯有洗心革面，方能重振家业。末了，对方"啪叽"在我背上重重拍了一记，才总算宣告仪式完成。

如字面意义所示，我当真仿佛"狐仙附体"，全程都呆呆怔怔。

1　稻荷大明神：日本神道教神明之一，本是农神，负责保佑五谷丰登，后演变为庇佑商业繁荣的富饶之神。——编者注

当我即将告辞时，老妪递给我一只红彤彤的苹果：

"这是神明恩赐的供物。"

我千恩万谢地接过苹果，在回程的出租车内，来回端详着这份神明降予的恩惠，脑子里萦绕着一些无聊的思绪：在国外的圣经故事里，蛇诱惑人类吃下苹果，导致人类最终被贬出了伊甸园；而在日本，赠我苹果的却是位狐大仙。

后来我吃掉了那颗苹果，所幸并未像"亚当的苹果"，产生什么可怕的功效。苹果滋味不错，不一会儿便经过我的五脏庙，消化为一堆排泄物，转天，便被我忘得干干净净了。

二十七　应当说说死者的坏话

一八六三年九月二十七日，龚古尔[1]在日记中描绘了当天的晚宴上，针对前一天刚去世的阿尔弗雷德·德·维尼[2]，著名批评家圣伯夫肆无忌惮、大加抨击的景象。

　　不消说，圣伯夫不忘在诗人的棺材前，献上他的"纪念悼词"，那便是一堆死者的生平八卦。我把他的原话节录在后。

　　当我听到圣伯夫嘴里念念有词，絮叨着关于死者的种种风凉话时，心情犹如目睹成群的蚂蚁，在啃噬死者的尸体。只消短短十分钟，他便将这位大名鼎鼎的绅士，身上的一袭名誉衣冠剥得精光，只剩一具赤条条的骸骨。

　　"……（中略）别的姑且不论，维尼这个人，反正是个天使。他在任何时候，所思所想、所言所行，都像

1　龚古尔（Goncourt, 1822—1896）：法国小说家，与其兄第一道创立了龚古尔文学奖。
2　阿尔弗雷德·德·维尼（Alfred de Vigny, 1797—1863）：法国浪漫派诗人、小说家、戏剧家。

天使一样不染凡尘！我在他家的餐桌上，从未见过牛排的影子。每当傍晚七点，我起身告辞，准备去吃晚餐时，他总会一脸惊诧，'什么？你这就要走？'对现实世界，他可谓没有一丝一毫的理解。甚至于他而言，现实压根就不存在……说起话来，也从不知客气。有一回，他在研讨会上做完发表，走下讲台时，朋友提醒他演讲稍嫌冗长，他竟高声回道：'可是我一点也不累呀！'"

不管怎么说，圣伯夫毕竟是个靠批评吃饭的大师，就连悼词也毫不留情，通篇是刻薄话。

在日本，小林秀雄[1]曾有一句至理名言："活时不成人形，死后方有人样。"意思是：唯有死亡到来之际，一个人毕生的言行，方能汇拢为一幅完整的命运图像；我们也唯有站在死亡的终点线上，才能将过去一览无余，毫无遗漏地评述一个人的得失功过。

然而，世人毕竟没有这番觉悟。他们往往对活人口诛笔伐，人刚一走又连声叹惋，"痛失一位伟大人物"。更有甚者，当官员在任时，对其大肆抨击，说尽坏话，对方刚一卸任，并未入土盖棺，又忙不迭地歌功颂德。比如前任总理大臣吉田茂，就是其中很好的一例。

我之所以要在本篇写写这个话题，是由于亲眼看见鸠山一郎首相，生前被痛贬为"一介病夫"，过世后，又迅即成了众人口中"举世无双的英才"。岂止朋党人士对他赞誉有加，就连反对

1　小林秀雄（1902—1983）：日本文艺评论家、作家、美术鉴赏家。

党主席，也齐声称颂他的功绩。旁观这一幕幕怪现状，我心里不禁纳闷。设想此刻鸠山先生复活了，从棺材里大摇大摆走出来，打算重新坐回首相的位子，世人还会继续颂扬他是"举世无双的英才"吗？

这种令人费解的现象，前几年美国也曾发生过。一向饱受公众憎恶的前国务卿杜勒斯，曾一度患癌退出政坛，随即便在舆论口中成了"不出世的伟大英雄"。最终，曾经的反杜勒斯派也换了一副口吻，抱怨"政坛离开杜勒斯，简直混乱不堪"。他若果真举足轻重，当初又何必那样人人喊打呢？简直莫名其妙。

当对方生龙活虎、欢蹦乱跳的时候，众人出于嫉妒，总会恶狠狠地诋毁他、咒骂他；而对方一旦辞职、罹癌或不幸离世，心头大石才总算落地，对待乖乖入土、不再构成威胁的死者，不忍继续口出恶言，反而一转念，"索性夸他几句好啦！"如此一来，还能向世人显示自己的宽宏大度，使自身的形象更加高尚。再说，反正对方已经去见阎王爷了，施舍几句夸奖，也不担心自己有什么损失。这，便是一般人的普遍心态。于是，仿佛在葬礼上比拼谁送的花圈更大，人们也争相说起了死者的好话。

反之，谁若敢对死者不依不饶、大放厥词，则无异于鞭尸，不仅显得自家鼠肚鸡肠，而且，即便是正当合理的批评，也有夹带私人恩怨打击报复的嫌疑，恐将遭到世人的误解。对方在世之时，纵是基于个人憎恶、嫉妒，或怨恨的毁谤之辞，听来也冠冕堂皇，似乎仅仅出于公愤；而对方一旦咽气，就连发心正直的公道话，听来也包藏着发泄私仇的居心。为逞一时口舌之快，致使自己声誉受损，未免太划不来，不如对死者吹捧几句，大家相安无事便好。

始料未及的是，一旦有谁带头唱起赞歌，便会引发群体狂热的从众效应，各界人士纷纷加入颂扬的队伍，一时间谀辞如潮。无须多久，死者果真被祭上神坛，成了"伟人中的伟人""神一般的英雄"。人心这种东西，委实不可理喻。

我们眼中"忍无可忍"的缺点，通常仅在对方生前才会对我们构成困扰。例如，"忍无可忍"的口臭，人死了便也无须再介怀。但凡人活于世，身上或多或少，总有点让别人受不了的臭毛病，可一旦翘了辫子，纵是浑身缺点，也会得到美化。换言之，原本不能忍的，一下子都能忍了。这是一种生物界冷酷的生存竞争法则。而真正的批评家，从不被这样的"美化效应"蒙蔽双眼。

这等现象，并不仅仅发生在鸠山一郎、杜勒斯之类的一国宰相身上，我等凡人身边，也三不五时上演。

比如，公司里素来遭人忌恨的主管去世了，下属尽管个个心中暗呼"不亦快哉！"，脸上却要挂出哀悼之色，手臂戴起黑袖章，为张罗丧事四处奔忙。回途中恰好遇见同事，也少不得拐去小酌一杯，偷偷搬弄几句死者的是非。

"这个刻薄无情的老东西，总算一命呜呼了。唉，咱们可真被他整惨了。"

"这种一无是处的糟老头子，世上简直找不出第二个来。又抠门，又冷漠，做事畏畏缩缩，却喜欢在人前耍威风，把人当牛马来使唤。还有玩弄女性的恶习，居心向来阴险……他一嗝屁，哎呀谢天谢地，往后公司里总算清净多啦。"

两人窃窃私语着，恨不能把全世界的恶行，统统算到死者头上。出了一通恶气之后，顿感神清气爽，连杯中的酒，喝起来也格外香甜。

然而，十日之后，假如其中一人又来找他的酒友，打算旧话重提，骂骂已故的主管，结果又将如何呢？对方肯定一语驳回：

"别烦了行不行！你怎么没完没了？算啦，少聊这些不痛快的。"

一个月过后，一年过后，始终对死者心怀不满的这位下属，会渐渐被同事疏远，陷于孤立的境地。

人总是倾向于尽快忘却逝者。愈是生前遭人厌憎的家伙，众人就愈想早早摆脱由他带来的不良情绪，图个清静。而美言几句，是唯一捷径。因此，对已故之人的赞美声中，常含有某种泯灭人性的冷酷。相反，对死者的曲直论断，或不敬之词，才是人性的本来面目。揪住死者的错处数落不休，等于是在活人之间，反复加热、重温与之有关的记忆。

所以，我死去那天，一定要潜入仇家们欢聚畅饮的席间，偷听一下对方如何损我。

"死得活该啊。那种厚脸皮又爱装模作样的家伙不在了，连空气闻起来都清新了许多。"

"谁说不是呢。长久以来，世人都被那个蠢材给唬骗了。"

"那家伙没有多少头脑，嘴上却瞎话连篇。我要是跟他说五分钟话，连肠子肚子都能呕出来。"

届时，已然化作鬼魂的我，大概会疼爱地摸摸这帮家伙的脑瓜。当我支支棱棱健在人世时，伴我左右的闲言碎语，希望在我死后，也能照常收听。

毕竟，这才是人类最真心实意的"悼词"。

二十八　做人当以吝啬为本

听说，好像有个组织，名为"日本抠门协会"。其成员不叫什么"纳粹分子"，而称作"抠抠分子"。现阶段，该协会旗下仅有会长与副会长两人，始终未能招募到会员。可见如今这年月，江户人依旧奉行"今朝有酒今朝醉"的原则，钱包里从不留隔夜财。不过，江户人也乐得听听各地人士如何抠门的趣闻。于是"小气鬼"这个词，最近便大大流行起来。

吝啬，似乎是有钱人的共通属性。战前，在学习院大学里，花钱大手大脚，动辄请客吃饭的，大抵是贫寒的华族[1]子弟。然而，当时总共不过块儿八毛的班费，任凭你说破了嘴，催促再三，也迟迟不肯缴纳，磨蹭好几个月，才不情不愿拿出钱来的，必定是大财阀家的公子。对这种家伙，大家都戏称为"小犹太"，可他们一脸坦然，丝毫不以为意。

有钱人纵使锱铢必较，也不必担心落下笑柄，什么"迫不得已的节俭"或"穷酸成性"，大可以堂堂正正地把钱包捂紧。

1　华族：日本于明治维新至二战结束之间存在的贵族阶层。始于1869年6月17日，《华族令》正式确立于1884年7月7日，随着二战结束、日本国宪法生效，华族于1947年5月3日被正式废除。——编者注

早年我有个朋友，虽谈不上富甲天下，好歹也在银座开店当老板。可花钱方面，却是出了名的一毛不拔。每次与他外出吃喝，末了他总坚持各付各的账。一年到头，好容易由他请一次客，吃的也是他口中的"豪华关东煮"——并无任何豪华可言，寡到只有鱼竹轮和油豆腐。

俗话说"物以类聚人以群分"，他结交的朋友，也清一色是铁公鸡。比如，其中有个财力尚可的中年绅士，追女孩的原则是绝对不能下馆子，最多去咖啡店坐一坐。有一次，女朋友饥肠辘辘，眼冒金星，饿得差点晕倒在地，见状，该绅士总算恍然大悟：

"啊，你肚子饿了？不好意思，稍等一下。"

他把女友丢在店里，自己走了出去。不一会儿，又笑嘻嘻回来了，手里拎着个小纸袋，从中掏出只红豆面包献给女友：

"你吃这个吧。"

在此补一句似乎多余的说明：咖啡店也卖三明治，无奈价格太贵，他才不当冤大头呢。

而该绅士，也有位绅士朋友。有一次，此人唯一读大学的外甥上门拜年，他难得和颜悦色地垂询道：

"家里有按时寄钱给你吗？"

"有寄。"

"每次多少？"

"五千。"

"是嘛，那手头有点紧吧？"

当外甥的见舅舅如此关切，猜测他待会儿要赏自己一笔零花钱，于是竭力卖惨：

"根本不够花，连交学费都困难。"

"我猜也是。说起来，你平素还抽烟喝酒吗?"

"嗯。偶尔抽点喝点。"

"是嘛，这可不行啊。嗯……很成问题。这样吧，舅舅教你个省钱的妙招：从明日起，你把烟戒掉试试。"

——这一类抠门故事，要多少有多少，举不胜举。仔细想来，我周围似乎也是小气鬼扎堆。未必全是有钱人，许多家伙手里没几个铜板，竟也胆敢奉行吝啬之道。这种人信念之坚定令人赞许，和他们交往格外安心。原因首先在于，他们当中不存在动辄开口向朋友"借俩钱花花"的无赖之徒。法国人素来坚壁清野，恪守个人主义原则，既不替别人擦屁股，也决不给别人添麻烦，因此从理论来讲，在全球国家中以"吝啬"著称，也是民族性导致的必然。永井荷风便是日本人当中，秉行"法式节俭"的绝佳代表。不管平时再附庸风雅，以"精神法国人"自居，不做到吝啬成性的地步，也是徒有虚名。换言之，哪怕头戴贝雷帽，口中唱着香颂，只要不改"财不过夜"的江户人习气，将穷酸属性贯彻到底，便称不上地道的"哈法族"。

此外，奉行吝啬之道，还需具有超凡脱俗的精神。假若被人设宴款待，千万不要马上考虑回请。要知道，动不动请客吃饭的家伙，都是些贪慕虚荣的可怜虫，向来以此为乐。你只需大大方方吃他一顿即可，绝对不必承什么人情。

话说，日本人礼尚往来的风俗，究竟助长了多少公务员的堕落渎职哪! 收了人家的金钱或礼品，又无法以微薄的薪资给予酬答，便只能在公务上开后门、行方便，间接给对方输送利益。诸君切勿去动这种可怜的心思，尽管落落大方收下礼品，不必给对方任何报答。送礼者既然出于自愿，你只需笑纳便好。过去有句老话，"三伏天送棉袄，不要白不要"，说的就是这个意思。

日本人去海外旅行，总会乱给高额的小费，在酒店或餐馆徒留笑柄。显然，这是一种自卑情绪的外在流露。由于对自身的人种心怀忐忑，害怕被对方瞧不起，暗中渴望"能和高鼻子的洋人享受同等待遇"，所以愚蠢地乱撒小费。可惜，小费付得再多，也换不来同等的尊敬。依我看，何不发挥抠门精神，以鼻子高低来定小费。高鼻子的洋人倘若付二十五美分，那么身为日本人，付个十五美分便足够了。

昔日，国内某政治团体，邀请犹太裔作家阿瑟·库斯勒[1]来日本笔会举行演讲，曾引起极大的轰动，因为他将西洋人的吝啬精神发挥得淋漓尽致。一天，他在京都某酒吧小酌，默默心算好自己的酒钱后，却发现账单上的金额超出了预算好几倍，连陪酒女郎不打招呼乱点的酒水竟也统统算在了他的头上。阿瑟先生大为光火，认为简直岂有此理，遂报了警，激动地高声理论。经过一番艰难的调解，末了，店家依照他主张的金额结算了酒钱，才总算平息风波。

我读到这篇报道时，不禁在心中暗自叫好。天底下不管去到哪里，再没有比酒吧更不讲理的地方：吃喝完毕之后，却不提供任何消费明细，侍应生似模似样把一张写有"金额：八千五百二十元"的破纸片递到你面前，你却不得不拔出一枚万

1　阿瑟·库斯勒（Arthur Koestler, 1905—1983）：匈牙利犹太裔英国作家、记者、批评家。代表作：西方文学史上著名的政治小说《正午的黑暗》。

元大钞，嘴上还逞强说"零钱不必找了"，之后方能潇洒离场。

在法国餐馆里，那些衣着光鲜体面的绅士，用餐完毕后喊一声："买单！"而后便戴上老花镜，花上足足几分钟，一项项仔细核对账单上的菜名与价格，一旦发现存在出入便眉飞色舞，不惜费尽千言也要据理力争。这类场面，已成为法国的一道独特风景。

我小时候，无论在家里还是学校，总被大人不厌其烦地唠叨"要多加节俭"。甚至还被训斥："瞧你，居然用德国进口的巴伐利亚牌铅笔，就连皇太子殿下，用的也不过是国产老鹰牌呢。"最终，搞得我对"节俭即美德"这句话大为反感。在武士的道德观念中，厉行节俭主要是为了侍奉君主。当藩内财政入不敷出、濒临破产时，家臣必须拿出私人财产，敬献给主公。这样的节俭，从根本来说是一种牺牲，只为服务他人，在我看来毫无意义。反倒是"吝啬"行为，更符合现代精神，也更具幽默感，彻头彻尾只为自己打算，体现出一种"不给别人添麻烦"的独立自主精神。

二十九 人傻无药医

俗话说："无脑难治愈，人傻无药医。"实际上，傻人也有重症与轻症之分。比如"大智若愚"这个成语，形容的便是貌似拙笨、实则聪颖的"智慧型愚人"。再比如，陀思妥耶夫斯基的小说《白痴》中，那位兼具见识、良知与神性的梅什金公爵。

不过，我在本讲座当中试图探讨的，并不是此类天才型愚者。

愚蠢这种病，麻烦就在于：它貌似与人的智力有关，有时却又不能一概而论。就算是受过高等教育的精英学霸，也有人天生愚昧，无可救药。这样的"糊涂秀才"，在蠢病当中，属于最难医治的类型，偏偏世上还为数不少。傻瓜身上往往也有可爱的一面，但糊涂秀才却蠢得一无可取。

接下来，我将对各类症状的蠢人做个小结：

一.秀才型蠢蛋

总的来说，这类人喜好搬弄各种新式理论；对出身的大学有种病态的自恋；语言能力发达，在明明用不到的地方，也要硬拽几句洋文；多半戴副眼镜，并伴随"暴力恐惧症"，反搞得自己有点歇斯底里，每每口出狂言，说些挑衅之语；同时，运动神经却基本为零，喝杯红茶也会笨手笨脚把茶匙弄掉在地；善于拜高踩低，嫉妒同僚，毫无幽默感，常把他人的玩笑当真而恼羞成怒，可自己却以开玩笑为借口，满不在乎说着伤人的话；成天不刷牙，不剪指甲，总也想不通大家为何讨厌他。

二. 谦虚型蠢蛋

这类人对社会抱有一种天真的看法，以为凡事只要态度谦虚，便可赢得最后的胜利；任何时候，嘴上总挂着"我等庸常之辈""不才如我"之类的谦辞，其实虚心的外表下，每每散发出自我陶醉的酸臭气；明明以谦逊自居，嫉妒心却格外炽盛，同时将这种怨恨情绪，转化为向内的自我贬抑；由于嫉妒成性，总情不自禁留意别人的优势，继而出于被害妄想，忍不住虚情假意地恭维，过后又后悔自责，变得愈发态度恭谦，实际内心早把复仇的利刃磨得雪亮；走路的时候，必定溜边；明明没什么事值得一笑，脸上却总挂着讨好的谄笑；回到家中，对自己的妻子倒大耍威风。

三. 人道主义蠢蛋

这类人总把自己当成一辆"善意的洒水车"，纵是刚下过雨，也要边走边大洒恩泽，被人指责也绝不反省；时常出于人道主义关怀，为世间的苦难悲泣嗟叹；认为死刑惨无人道，而吓得要死，激烈主张废除；夜里不敢单独上厕所，嘴里念佛一样嘟囔着："人啊，人啊……"时刻在脑子里上演小剧场，为想象中"踏毁人伦底线"的恶事战战兢兢；无与伦比地故作坚强，又无与伦比地胆小如鼠；明明做好了为全人类背上十字架的觉悟，手指擦破点皮、流几滴血，又吓得昏厥在地。

四.狂妄自大型蠢蛋

是人总难免有点自恋，但这类蠢蛋，一刻不显摆自己的优越，便一刻不得舒服；动不动便昭告天下，"乃公不出，当如苍生何！"不惜花上三个钟头，宣扬自己的成功事迹；要么，对个人的姿色并无自知之明，却爱一本正经地宣称："像我这样的美女"，从而起到逆反效果，使听者大倒胃口；要么年过五十，仍不忘炫耀自己系出名门大学；要么，自以为比起吹嘘本职工作，展示业余技能更显得心思无邪，于是从早到晚卖弄不休……总之，各种款式不胜枚举。

五.丑角型蠢蛋

此类人本身相貌倒也无甚可笑之处，却总喜欢卖力地搞怪逗乐；由于拿不出勇气追求女人，便故意在女人面前扮演丑角，流露出一种讨好的媚态；不把自己变成他人的笑料，仿佛便心有不甘；自己的长相受之于父母，却没完没了地贬损"我这张丑脸"；净出些毫无必要的洋相，比如故意从自行车上摔下来，让人欣赏自己仰而八叉的滑稽模样；要么，逢人便讲自己的失败经历，实在多此一举；但实际上呢，心底却深信不疑：除了自己，其他人一概是容易糊弄的白痴。

六.药罐子型蠢蛋

此类人每天早晨，一面把各种维生素补剂、保肝药、荷尔蒙调节剂依次吞下肚去，一面还要将报纸刊登的药品广告，从头到尾浏览一遍。在通勤的电车里，也时不时被车厢内的新药广告所吸引；途经药店门口时，仿佛饥肠辘辘的流浪儿，正打鳗鱼饭餐厅前走过，忍不住要把鼻子凑到橱窗边，朝店内窥看；午餐后，例必要吃几粒肠胃药；下午三点，再服两颗头疼片；晚饭结束，需补充一勺钙质；随后，明明肾脏并无不适，也要尝尝保肾丸；其他诸如心脏药、高血压药，都要一一试个遍；头顶、胸前、肚子、手腕……也好似乡村摇滚的女歌手，累累坠坠戴满各种流行的元气袋、保健带、按摩带、理疗带。到末了，仍是"无药可救"，一命呜呼。

若把天下各类蠢蛋，这样挨个罗列下去，恐怕根本无穷无尽。

人与蠢蛋之间，原本就有斩不断、理还乱的关系。蠢病与人类本身的历史一样悠久。无论怎样的智者，体内也携带几分愚昧的病毒，无一例外。因此，即使宣布"凡人皆蠢"，也恰如其分，自有合理之处。划分智者与愚人的基准，仅在于是否擅长察觉并应对自己的蠢病。体内是否存在一点抑制愚蠢的微妙神经，是左右这种病瞬间好转，或骤然恶化的关键。伴随人类文明的进化，愚昧的病毒也不断繁衍出新的变种。随便想想，我就能举出"电视迷""杂志迷""南极犬迷""跟风派"等，可谓数不胜数。

至于我自己属于何种类型，坦白出来倒也无妨。只是一旦自曝其丑，难免会有"丑角型蠢蛋"的嫌疑，实在荒唐，索性还是算了。非要说的话，只需告诉诸君，"我自诩是个相当有头脑的人"，单凭这句话，读者若是明白人，想必一下便已猜到我的类型了吧。同时，我还是个不擅长察觉自身愚蠢的人。不不，切莫误解，这么说绝不代表我属于"谦虚型蠢蛋"。

146

若把聪明视为人生的陷阱，那愚蠢又何尝不是？实际上，人很难真的分清楚自己到底是谁。心机算尽之人，往往落入愚蠢的陷阱。同理，以鲁钝自居的人，反而有卖弄聪明的嫌疑。在两种状态间反反复复切换，来回兜圈子，恐怕才是人生的本来面貌。

前几年皇太子[1]大婚，迎亲的花车在街头巡游，路旁挤着一排排观礼的群众。电视台主播抓住一位中年大叔采访道：

"请问您几点到这里的？"

"嗯……早上九点半左右吧。"

"哎呀，那可真辛苦呢。在家收看电视直播，不是更轻松吗？"

"我不喜欢看电视。"（采访陷入短暂的冷场）

"那您太太也一块儿来观礼了吗？"

"没有，我让她看家。"

"哦，那她此刻正坐在家中的电视机前吧？"

"我不是说了嘛，我讨厌电视。"

"哈哈，为什么呢？"

"因为亲眼目睹才真切啊。"

"（主播略带讽刺的口吻）那么，您在现场亲眼看到的一切，回到家中会分享给太太吗？"

"……那倒不会。"

当我从电视上看到这段访问时，心里不由感慨：这位大叔，恐怕才是真正的聪明人呢。

1　此处"皇太子"指如今的日本上皇明仁。其于1959年4月与平民女子正田美智子（即如今的日本上皇后）结婚。本书日文初版发行于昭和42年（1967年）。

三十　切勿自我坦白

尼采在《查拉图斯特拉如是说》中写道：

> 口无遮拦的人必招非议。因此，你们当格外谨慎，避免赤裸！是啊，倘若你们是神，才有资格为穿衣而羞耻！

这句话颇为值得玩味。尼采的意思是：我等凡人既然不是神，就没有必要为了遮掩自己感到羞惭。衣服是什么？是身份，是体面，有时也是虚饰与伪善，是社会要求人应具备的一切属性。

再没有什么，比一个热衷"自白"的朋友，更惹人厌烦。

有事没事在你耳边喋喋不休，自己如何如何大受女人青睐，要么是最近的失恋经历。

"她呀，总夸我的耳朵长得性感，说每次看到我的耳朵，都会春心大动呢。"

听到这种话，我只能在腹中暗暗冷嘲：

"可不嘛。实在找不出值得吹嘘的地方了，苦思冥想到末了，只好把耳朵也拿出来说事？话说，这位春心大动的女神仙，是耳鼻喉科的医生么?"

正这么寻思着, 不料一周后, 此人又来抱怨女友的不忠了。

"那个贱人, 肯定跟姓N的去温泉旅馆了。我手里证据齐全。啊, 我真想杀了她, 然后再自杀!"

听着他愤愤的数落, 假如我漫不经心地随口附和:

"她看来倒也不像那种轻浮的女人哪。"

他会立即改口:

"是嘛, 你也这样觉得? 我也有同感。再说了, 就算有证据, 八成也是哪个企图破坏我们感情的家伙捏造的!"

这种一天到晚以"自白"为乐的家伙, 不是对恋人的事夸夸其谈, 就是吹嘘自己的家人。

"昨天我姐姐回娘家来, 时隔许久, 我俩又深谈了一番。我更觉得, 她真是个善良的女人啊, 世上打着灯笼再难找到这样心地无瑕的人了。"

这种话听来真够无聊。接着, 他又夸耀自己的母亲四十年前是个有口皆碑的美人。这话也教人不敢领受。

我还认识个家伙, 光是赞美他伯父的车子, 就足足扯了二十分钟。庞蒂克的车子大约是真不错, 可毕竟属于他伯父, 用不着他如此得意吧?

我心里正嘀咕, 却见他几杯黄汤下肚, 又滔滔不绝痛诉起自己的家史来。

"我是个出身不幸的孩子。再怎么遮遮掩掩也没用, 对, 我是个私生子、私生子、私生子! 多么阴森, 多么暗无天日, 多么可怕的一个词啊! 哪怕看电影的时候, 偶尔听到这几个字, 我都会满面涨红，马上起身，偷偷溜出影院。

"更可怕的是，还有前途叵测、令人战栗的未来等着我。当年我老爹跟艺伎生下我以后，便跑去了海外，染上梅毒，又回国把梅毒传给了他的正妻。之后生的孩子，个个患有先天性梅毒。他那位正妻后来便发了疯，死在了精神病院里。这事好多人都晓得。实际上我很怀疑，老爹果真是在海外染上梅毒的吗？我妈倒是普普通通因病去世的。可万一我生来血液里便含有梅毒呢？这也很难说。再加上，我母亲的伯父是个先天性精神分裂患者……

"啊！估计用不了多久，我也会发疯的！救救我，救救我……每一夜，我都抱着枕头，如此向神明祈祷。"

真是场精彩告白。

可惜，这种告白不听也无妨，听了对他的好印象反倒一扫而空。从他的角度来讲，与其给人留下虚假的好印象，不如真实的坏印象更能换得心安。但在我看来，这样掏心掏肺，实属多此一举，只会将我素来对他的好印象毁于一旦。当得知一直以来都被他的外表所蒙骗，我会怀疑自己看人的眼光有问题，而顿感自尊受挫。此外，戴上善意的眼镜看待他人，原本是社交当中人人拥有的一项权利。现在，这份权利平白无故遭到了践踏。

总将自己的弱点毫无保留、和盘托出的人，我会毫不犹豫地称他们为"无礼之徒"。这是一种社会性的冒犯。通常，我们出于对自身弱点的厌恶，才去欣赏他人的优点。假如对方也极力证明他的弱小，企图博取我们的认可，就未免太不自重了。

更有甚者。

比如极度貌寝之人，非要坦言自己的丑陋，希望听者因此认可他的"真诚",幻想对方碰巧会爱上这个"百分百真实的我"。这种天真幼稚的念头,实际是对人生现实的轻视。

换个说法,不管是谁,他"赤裸裸的真面目"都相当可怕,绝对找不出半点值得爱的地方。在这一点上,恐怕举世皆无例外。再天真烂漫的美少女,你若细细探究表相之下潜藏的真实心性,恐怕也会爱意全消。佛教法门中的"白骨观",也是基于同样的道理。它要求修行者凝视死尸步步腐烂的全过程,借此证悟"凡所有相,皆是虚妄"的教化。

在这一点上,人生现实与虚构的小说,可谓大相径庭。阅读陀思妥耶夫斯基的小说,读者一方面震惊于作家对残酷人性毫不留情的披露,一方面也会情不自禁爱上他笔下刻画的人物。归根结底,在于小说中的角色,便是读者自身的一种投射。

然而,现实生活里,他人即他人,我即我。无论对方如何巧妙告白,"我"终究不会变身为"他",也无法代入"他"的处境。因此,毫无保留坦白自己的人,是把人生与小说混为了一谈。借用尼采的话,简直"把自己当神"。这样的人,岂止是无礼之徒,更该用"狂妄自大"来形容。

有个亘古不变的真理。

人类唯一能够热爱的,唯有自己的真面实目。印度的哲学经典《奥义书》毫不讳言地如此教导:"爱且只爱自己,并崇信它。"

不知不觉深入到哲学命题去了。诸君应当打起精神,回到现实的社会生活中来。

唯有在这里,诸君才得以快活地谈笑,挥舞锤子干活,手握方向盘驱车飞驰,执起笔来书写,或敲击打字机工作。

"那小子为人不错。"

"他真的满惹人好感。"

"多有魅力的女人啊!"

"他是个了不起的角色。"

"他是个成功的男人。"

"她是我的理想型女友。"

　　——从这些赞美声中，自然而然，也诞生了爱情与友情。这难道还不足矣？何须煞风景地，搞什么自我坦白呢？人在极度幸福，或极度不幸之时，都容易犯这种"告白病"。其实愈是这种关头，愈该多多克制自己的倾诉欲。毕竟，痛说身世的告白书，谁看了都会忍不住发笑。

三十一　切勿兑现公开的承诺

诸位想必读过一份印刷品，名叫《东京都候补知事选举公报》吧？

这是一份占据四个报纸版面的大型公告。刊登了从极左至极右，分属各党派的十位候选人，各具特色的肖像照。下方罗列着他们个性洋溢，以致有哗众取宠之嫌的政见与竞选承诺。考虑到有人读得或许不够仔细，在此，我对重点略加介绍。

一位自称隶属"全国行政监察委员会"的小长井一先生，表现尤为醒目，为了吸引选民投票，他在自己姓名上方特地标上了注释，"一个字的一"。

这位"一"先生为了取悦富人阶层，在施政纲要中痛批《卖春防治法》，声称"这玩意只是早已绝经的老太婆议员，出于嫉妒搞出来的条条框框"。

并提出："至少应当为广大青年男女的性苦闷及家庭烦恼多做考虑。岂止如此，此事更涉及全人类与生俱来的自然欲求，我辈当充分体恤性压抑造成的痛苦，换言之，应致力于性愉悦的满足，针对当下的法律，以妥善、明朗、快捷的方式，逐条逐款详加修订，使之变得更为人性化，具有更深刻的道德内涵。"

同时，他又指出：

"稳定日本的物价指数，靠的是理发店、卖鱼摊、快递公司、小酒馆，靠的是蒲公英、紫罗兰、秋牡丹之类的鲜花期货。而带动全球风向的国际经济指数，也要凭借大都市里千千万万的商品交易与货物流通来把握。"

此外，在他看来：只要将东京打造成二战前上海那样的国际大都市，并牢牢跟稳全球的物价指数，便能使各国资本纷纷汇集至东京，万一打起仗来，连原子弹都不会往这儿丢。

"人类的思想不存在红与黑之分。人之初，性本善。只要仓廪实、衣食足，每位邻人都会向你投来友好的微笑。"

这番论调，简直是新兴宗教教主的布道宣言。万一他的政见得以实现，东京会变成第二个上海，甚至沦为美苏英法等国的租界也非难事。最后，他还不忘动员选民：

"尊敬的东京市民，本人是'一条心的一''一个字的一'。打东京电话，需要加拨'三'。投下您宝贵的'一'票，只用选'一'就行哦！"

看得我不禁失笑。

候选人中，还有一位"东京政情调查会"的会长，无党籍人士，名为贵岛桃龙。他主张"大众资本开创新时代"。

其人原话是：

"针对日本的选举腐败与政治黑幕，一位深谙日本现状的外国记者，创作了下面这首讽刺歌，以示批判：

猪国选举谐谑曲（和田平助译）

A：广阔世界的角落里 / 正如火如荼地选举 / 我却禁不住满心忧虑 / 选出的蠢猪哥斯拉啊 / 统统是误事误国的好手 / 一场不折不扣的猪国首脑选拔秀 / 身为金主的日本真悲哀 / 哈喽，好的，没问题！/ 蠢猪蠢猪，耶耶耶！"

B：早晨天色刚一亮 / 羽田机场传来了 / 美元到账的好消息 / 廉洁的选举必遭落败 / 大和男儿啊，只会把饲料到处拱 / 可悲啊可叹！/ 哈喽，好的，没问题！/ 蠢猪蠢猪，耶耶耶！

C：深宵时分的酒吧里 / 随处可见悲伤的日本女子 / 被蠢猪怪兽左搂右抱 / 陪酒、陪睡、出卖肉体 / 黑夜里绽放的苦命花啊 / 哈喽，好的，没问题！/ 蠢猪蠢猪，耶耶耶！

D：选举是场黑金游戏 / 少不了权色交易 / 一手交钱，一手交权 / 当钞票漫天飞舞 / 瘫子也会直立行走 / 阴沟的老鼠四处窜 / 白猪摇身成黑猪 / 哈喽，好的，没问题！/ 蠢猪蠢猪，耶耶耶！/ 鼓鼓掌呀拍拍手，你说精彩不精彩！

在此，我给年轻读者稍微解释一二。当然，这首歌无疑出自贵岛本人之手。而译者的名字"和田平助"，也是刻意玩梗，将多年前的流行语"助平啊！"[1]做了一下语序的颠倒。我挺佩服歌

---

[1] 日语原文为"助平だわ"，与"すけべ"谐音，意为"色鬼""好色之徒"。

词的新鲜玩法。比如，"蠢猪蠢猪，耶耶耶！"这样调皮的叠句，在当今的通俗流行曲里就难得一见。而且，整首歌充满了不遗余力的戏谑与嘲讽，深刻揭露了日本政坛的黑暗现实。这种滑稽小调，即使谁有心模仿，也未必能写得叫人眼前一亮。

总的来说，将十位候选人的政见依次浏览一遍后，我发现：提出的竞选承诺多少还算具体可行的候选人，都在有望当选的范畴内；反之，愈是当选概率微乎其微的人，提出的承诺也更不着边际，流于空想和白日梦。这种现象，从人的心理角度来分析，自然不算稀奇。但同时，更可从中窥见政治现实与理想主义之间，素来存在的矛盾关系。

不过话说回来，最容易蒙蔽我们心智的，反而是乍看之下相当实际、具体、富有可行性的承诺。比如有人开出口头支票，"明天给你一千万"，任谁都不会相信。但若改为"明天给你三千块"，恐怕好多人会毫不犹豫地信以为真。其实单从结局来看，一千万和三千块并无区别，反正同样是拿不到。

为何人们总觉得，微小的愿望与承诺，听起来便容易兑现；反之，宏伟的愿景与目标，一听就没什么盼头呢？大概，是我们从人生经验中总结出来的规律吧。承诺这东西，往往便利用这种心理错觉，巧妙地将大家蒙骗。因此不管是什么选举，公众总以为三千块的承诺比一千万的靠谱，而选择投票给前者。可惜，最终连三千块也拿不到，只有吃亏上当的份儿。

综上所述，我有个提议：

"概不兑现任何承诺。"

不知有没有哪位候选人，能拿出点男子气概，上来便斩钉截铁地如此表态。这种"愿者上钩"的操作，没有相当程度的自信，是办不到的。而这种玩法一旦得到普及，今后将再也不必担心承受公众"言而无信"的指责，无论竞选方，或投票方，都会轻松不少。这等于是从民众手中接过了一张"白纸委任状"。倘若真有谁，能够获得民众如此的信赖与拥戴，也可称得上是"一百分的政治家"了。

反正，市政厅这样的官僚机构，是轻易不可涉足的龙潭虎穴。不管怎样的圣人，拥有怎样远大的政治理想，一旦坐上知事的位子，必定也空有抱负，无从施展。

好比一位武勇的豪杰，公开许诺"要将妖魔斩尽杀绝"。只见他手持一柄长刀，双眼瞪得犹如铜铃，彻夜据守在布满蛛网的魔窟边。可纵使他死等活等，要降服的妖怪若不现身，他也空有一身本领，得不到大展拳脚的机会。断定妖怪仅在夜间出没，是人类才有的浅薄认知。

仔细想来，不履行诺言的，又岂止是政治家。刚出社会的青年，在参加就职考试的时候，会面向公司里的老社会人陈述自己的人生目标，这也算一种"公开承诺"。而一年过去，青年却早把当初自己许下的诺言忘到了九霄云外。

结婚典礼上新郎新娘的誓词，也是面对神明立下的一份约定。它的内容同样粗略空泛，与政治家的承诺无异。

有一说一，现今世界能将各种政策切实贯彻执行，过程中不发生丝毫贪污渎职的，也只有奉行独裁体制的国家了。中南美洲的几个腐败国家中，唯有多米尼加共和国绝少存在渎职现象，因为一旦行径败露，贪污者会被枪毙。

在政治家乱开空头支票，办事拖拉，得过且过的国度里，我等升斗小民才能打打弹子机，沉迷脱衣舞，以此来混日子。若是哪位政治家看破了这一点，就该拿出胆量与魄力，面向公众发表响亮的声明："敝人概不兑现任何承诺！"

三十二　应当嘲笑他人的失败

我念书的时候，学校十分注重礼仪方面的培养。教法语的老师会定期向学生收取会费，带大家去品尝法国料理，传授一些西餐桌上的礼仪。

二战之前，一次偶然的机会，我曾和几位神态威严的贵族长辈用餐。当时我还是个青涩少年，在餐桌上被迫面对一群不苟言笑的老爷子，由于太过紧张，不小心手一滑，将盘里的猪扒直接叉飞了出去，窘得我恨不能当场去世。幸好我眼疾手快，将猪扒麻利地捡回了盘里，脸上装出镇定自若的神色。贵族老爷们却个个板着脸，嘴角也没撇一下，表现得仿佛没看见眼前上演的一幕。

后来，几年过去。有一次，我穿过银座四丁目的路口，走到和光百货门前，刚打算从路旁的银色铁链上跳过去，一不留神，脚尖绊到链子，竟扑通一下摔了个倒栽葱。我当即一个鲤鱼打挺，从地上翻身跃起，若无其事地继续向前走去。其间身手之敏捷，堪称令人开眼，大约仅耗时百分之一秒。

——以上两次出丑的经历，我并未听见旁人发出嘲笑。当然，我也一向拒绝听见。

但事后细想，不肯以从容心态听取他人的嘲笑，只能说明我在感受人生时的懈怠。假如我对人生抱持更为勤勉的学习态度，当时就不该那么在乎自己的体面。肯于嘲笑我失态的人，他们的笑脸才更具人情味，更值得热爱。

不管是功利主义者，或深具城府的谋略家，当他们看到与自己毫无利害关系的人出了洋相，而忍俊不禁的瞬间，心思才变得格外无邪，格外纯真。任何人在本能发笑的一刻，方能显露本性里的善良，双眼充满天真、童稚的光芒。在银座四丁目的繁华路口，一名装模作样的男子，狼狈不堪地翻滚在地，这样滑稽的景象，对任何人来说，都是值得欣赏的一台好戏。实际上，观摩他人的失败与丑态，是人生中莫大的安慰，欢乐赛过节日。为何我偏要那么小心眼，用百分之一秒，草草毁掉一场对他人来说难得一见的好戏呢？这样的乐趣，哪怕多延长一秒也好啊。

比如，窗玻璃擦得太过洁净，若有男子一时不察，劈头撞了上去，目睹这一幕的我们，该是多么快乐！

或者，瞧见某男子误把狮王牙膏当作剃须泡沫，拼命糊了一脸的样子，难免要笑出鼻泡！

目睹一位妇人佩戴的假乳，不知不觉滑到了背后，好似驼峰一样鼓起两个瘤子，是不是滑稽得要命？

瞥见老婆婆看戏太过入迷，连摆在膝头的紫菜卷便当，也快要滚落在地，那模样岂不好笑？

自动售货机上明明挂着"故障"的牌子，大汗淋漓、头上冒着热气的老爷爷却浑然不觉，白白投下几十元硬币，望见这样的场景，也实在忍不住捧腹。

——人生若没有这些笑料，该是多么乏味？我们有必要好好思考一下这个问题。一次小小的失败，便能救人于无聊的苦海，再没有比这更慷慨的慈善举动了。况且出点洋相，就可以将许多人纯真、无邪、灿烂的笑脸一览眼底，我们又何乐而不为？

何不尽情嘲笑他人的失态呢？昔日的歌舞伎，就十分懂得落落大方地以此取乐。丑角常会带头大笑：

"来来来，诸位看官，笑吧，笑吧！哈、哈、哈、哈……"

至于那些望见少年的猪扒飞出餐盘，也不为所动的贵族老爷，实在是不幸之人。因为生长环境赋予的教养与礼节，压抑了他们的自然天性。

冬日里，在结冰的路上栽个大跟头；狂风天，拼命追赶被刮飞的帽子——当我们望见他人糗态百出，而开怀大笑的欢乐心情，将我们自身与这个世界紧紧联结。在我看来，维系世界的纽带，并非什么人类之间的普世大爱，毋宁说，是这种天真而带着嘲弄之意的哄笑。

……

一切亲密的友情，往往诞生于彼此的戏谑与嘲弄。

"什么？那小子被女友甩了？哇，太糗了吧！臭小子，怎么能傻到这地步！脑子是不是缺根筋啊！"

听到你的糗事，笑得满脸泪花的家伙，才是真朋友。

战争时期，曾有日本女子望见美军俘虏，同情地说"好可怜哦"，结果引发了轩然大波。我认为，这种缺少嘲谑精神的、病态的感伤心理，其实与好战主义仅有薄薄的一纸之隔。正因不懂得坦率地表达嘲笑，轻松地接受嘲笑，人们才会发动战争。受到几句讥讽，便动辄拔剑宣战的西方中世纪武士，说到底，终究是一种野蛮人。

古希腊作家阿里斯托芬，在《云》这部喜剧里，对苏格拉底做了夸张的戏讽与挖苦。据说，苏格拉底本人也坐在观众席里，望着自己的舞台形象被大肆丑化，却哈哈大笑不止。看来，他十分懂得拿自己的失败来换取快乐。这，正是智者方能享受的乐趣。而时下的知识分子，不过被人讥笑几句"学识浅薄"，便羞耻得无地自容，真是小家子气，只剩针尖那么点可怜的自尊心了。

至于事业失败，不幸背上一亿债务的人，我们可以去嘲笑吗？

答案是肯定的，当然可以。

诸君不妨认为：世上压根没有多少事，严肃或惨重到在他人看来，完全不值得发笑。哪怕有人跳楼卧轨上吊，也可以拿来作为笑料。比如，小说家永井荷风怀里抱着三千万元倒毙在街头，看在他人眼中，也显得怪可笑的。

这样一想，被人笑话几句，根本没啥大不了的。

所以，对待他人的失败，我们多多给予嘲笑，才是正经事。

三十三 Who Knows？

如果有人问我，最喜欢哪个英文句子，我大概会答："Who Knows？"

这句话看似平平无奇，却并不容易翻译。照字面直译，就是："谁知道？"

感觉趣味全无。实际上，它还隐含一种"天知、地知、我知"的微妙意味。在这前三步的基础上，最后一步才是"谁知"。

比如，小孩子趁父母没留意，钻空子踩着小板凳，打开茶柜上的饼干盒，偷了块点心解馋，过后却装得若无其事，心里悄悄嘀咕：

"Who Knows？"

这才是此话真正的含意。仿佛猫咪刚从灶间叼走了一条鱼，大饱口福后，来到檐廊边的日头底下，不慌不忙地抹着脸，这副恬然自得的模样，便是"Who Knows？"的绝佳写照。

再如，丈夫谎称公司聚餐，却和打字小姐跑去温泉旅馆幽会，瞅准时间才一派悠然地回到家中，向太太假意抱怨：

"男人间的应酬可真烦！不想参加也没辙。"

这也是"Who Knows？"的一则实例。

又如，某男子在一间偏僻的酒吧，吹嘘自己从事令人称羡的职业，借此吊小姑娘上钩，把对方哄骗到自己床上：

"我在电影圈里有点人脉，你样子长得蛮漂亮，要是愿意的话，我可以把你推荐给制片人哟。"

这也是一种"Who Knows?"的表现。

家庭主妇趁老公外出，身上系着围裙，手中拎一只露出半截大葱的菜篮子，偷偷与小白脸私会，相偕去旅馆开房，一番缱绻之后，又急匆匆赶回家中，神色自若地悉心张罗起晚饭。此类情形，都可以称作"Who Knows?"。

由此可见，当今的世相百态，悉数涵盖在一句"Who Knows?"之中。放眼现代都市生活，也堪称"Who Knows?"精神大行其道。在皇太子的婚宴上，不吱声揣走巧克力的议员，便是很好的例子。此外，谋财害命的汽车劫匪等，由于不易被抓住马脚，破案难度最大，也可以说是"Who Knows?"心理驱使下的一种犯罪。

尽管不到杀人越货那么严重，但在卖年糕汤的小吃店，摸走装花椒粉的瓶子，要么在酒店随手顺走人家的烟灰缸，都属于"Who Knows?"的行径。至于某客人在银座的料理店，趁大家不注意，拆走了一扇纸槅门的奇谈，简直是"Who Knows?"一族里的天才。

我是在旅居纽约期间，渐渐爱上这句话的。美国人喜欢摆出招牌式的鬼脸，吐吐舌头，促狭地挤挤眼，口中吐出一句：

"Who Knows?"

这其中的韵味，简直妙到毫巅，日本人实难模仿。

为何我对这句话着迷到如此地步呢？仔细想来，倒也不乏理由。因为旅居海外期间，我从内心深处，领会了这句话的魅力。众所周知，在日本的报章杂志，作家的个人写真总被刊登随处可见。小说家的样貌，本不具什么稀世的价值，却不得不频频亮相，靠抛头露脸博取知名度。拜这股歪风所赐，我等摇笔杆之人，再也无法享受"Who Knows?"的快感，举手投足，都暴露在公众视野之下，反而成了"Everyone Knows"（人尽皆知）。这种做法，实际上妨碍了写作的正业。如果是电影明星，倒还好说。而我等写小说的，出门搜集素材、体验生活也是一项重要工作。若不管去到哪里，一举一动皆被公众指指点点、尽收眼底，那么身为小说家的自由，也便无从谈起了。例如永井荷风先生，倘若出入烟花柳巷、狎妓游玩时，一上来被人识破了身份，名作《墨东绮谭》恐怕也就没机会问世了。

正因如此，我在旅居国外之后，才初次领略了"Who Knows?"的妙处。而且一想到，哪怕是在日本，也有不少职业人士压根不必靠脸吃饭（这样的人估计占总数的百分之九十九），无须忌惮任何人的目光，尽情过着"Who Knows?"的逍遥生活，我便羡慕得两眼发红。

其实细细琢磨会发觉，尽管"Who Knows?"反映了现代都市生活的精髓，但作为一句英文，它始终包含一些不属于日式思维的成分。在西方人的意识里，能够与之对应的，大约唯有"神知道"这句表达。神知晓世间一切，凡人却事事糊涂。我总感觉，"Who Knows?"的真正意义，恰恰隐藏于此。从基督教精神，或至少从美国清教徒的角度而言，一件事如果自己"心知"，则意味着神明早已察觉。正是所谓，"一念起而神明至"。

相反，在我们这个信奉神道的国家，却难得有不少事，居然"不为神知"。不是刻意卖弄歌舞伎的唱词，但正如名剧《阿富和与三郎》中，失散多年的一对有情人，在异乡意外重逢时那句感慨，当真是"连佛祖都蒙在鼓里"。

在日本人的观念里，"人知"与"神知"，似乎是毫不相干的两回事。故而，日本的"Who Knows?"意思更单一也更绝对，纯粹是指"没有任何人晓得"。有时候，甚至连做出某行为的当事人自己也懵然不觉。这种情形，类似梦游患者的失魂症状，与神智失常也不过一线之隔了。

现代大都会，将居住于其中的人群，逐渐异化为某种不具名的"符号"。A太郎与B夫，仅仅是称谓不同，实际上改叫A夫与B太郎，也没什么所谓。人人都抱着"关我屁事"的心态，管他是哪个地界的哪根葱呢，反正不干己事不张口，一问摇头三不知。总之，就算在小吃店顺手摸走人家的花椒瓶，你的来历和底细，也"没有任何人晓得"。

于是，当你扪心自问："我究竟是哪里的何许人呢?"却感到答案越来越扑朔迷离。就算你偷拿了小吃店的花椒瓶，便会有人据此而了解你吗? 更甚，就算你事迹败露，便会有谁确切知晓盗窃花椒瓶的你，到底是哪里的何许人吗? 没错，一个人的面目，总是如此暧昧难明。就算你自己，也未必晓得自己是人是鬼。这，才是"Who Knows?"的最高境界，犹如一场捉迷藏游戏。同时，也是当今日本的面貌。

古希腊有句谚语，"认识你自己"。此话寓意深刻，颇具哲理。

166

不过，深入一步来看：既然认识自己已是难上加难，别人对自己的所作所为，自然也更无从把握，可见结局并无出路，唯有彻底自暴自弃。"Who Knows?"的下场也一样，游戏玩到这一级，再往前只剩杀人越货这个选项而已。

在我看来，"Who Knows?"这句话，应当用在"认识你自己"这件事上。也就是说：当你鬼鬼祟祟把小吃店的花椒瓶揣进口袋，嘴里还窃笑"Who Knows?"的时候，你自身便成了你唯一的"罪行见证人"。这事想想，还挺不寒而栗的。前路上，纵是你呼喊"救命！"也不再会有人伸出援手。届时，你才头一次认识到，那个名叫"自我"的东西，究竟是何物也。至于那些贪污渎职，还顾盼自得曰"Who Knows?"的家伙，至少也该借此机会，多多认识认识自己，到底几斤几两，是人是鬼。

三十四　Oh Yes！

　　一九五七年，我曾走访过一所美国的大学。当时受到宴请，到某位美国教授家里共进晚餐。列席的日本客人，只有我和一位在当地大学担任校长的老先生。

　　据闻，这位老先生是个颇富名望的大学者，唯独英文讲得不怎么好。不过英文会话水平的高低，并不能用来评判一个人的价值。关于这点，是我一直反复强调的。

　　这位老校长风度雍容高贵，犹如安哥拉猫。皮肤略显黝黑，稳重似一只深具威望的老猫，早已坐惯了大学校长室松软的沙发椅。只是，会说的英文句子寥寥无几。为了弥补不能开口交流的冷场，他装出一副在日本国内少有的亲切态度，慈祥简直溢出了面颊。在座的美籍教授，对老校长十足敬重，纷纷带着自己的孙子来与他握手，口中卖弄着美国人巧妙的社交辞令：

　　"这孩子能跟校长您握手，何其荣幸啊！他一定会毕生难忘的。"

　　教授们搜刮着各种话题，尝试与老校长攀谈。却见校长笑眯眯的，一概回复：

　　"Oh Yes！"

Oh Yes。笑眯眯。Oh Yes。笑眯眯。我在一旁看着，为老校长旺盛的服务精神深感钦佩。

不过，再宾主尽欢的派对，也总有话题冷场的一刻。这个短暂的瞬间，在某些国家被称作"有天使飞过"。眼下，正是天使飞过的时刻。而在场的宾客中，懂日语的除了老校长，就只剩我一人。

大概在他眼中，我还是个毛头小子，与我同席就餐有损他的颜面，在相互介绍之后，便一副对我不屑理睬的模样。后来，终于耐不住想用日语交谈的冲动，转身对我道：

"那个……你呢，平常都写些什么来着？"

我略微有些惊讶。明治时代的小说里时常出现的巡捕角色才通常用这种口吻说话。很少见到谁对初次谋面的陌生人采用这种不客气的问话方式。况且，对方具体什么意思也难以捉摸，我下意识地回问：

"哈？"

此时，恰好有位美国人也快言快语，抢过空档向他搭话。他立刻扭过身去，以世间罕有的谦逊态度，满面堆笑地答：

"Oh Yes，Oh Yes！"

接下来的会话，犹如一场校长一人分饰两角的"变脸秀"。

校长："我是问你，都写哪一类文章。在写论文吗？"

我："嗯，论文嘛……"

美国人："叽里呱啦。"

校长（笑眯眯）："Oh Yes，Oh Yes！"

我："我不写论文。"

校长："哦……这么说，是写评论喽？"

美国人："叽里呱啦。"

校长（笑眯眯）："Oh Yes！"

我："我写的是小说。"

校长："小说？哦，原来如此。（中途笑眯眯切换至美国人）Oh Yes，Oh Yes！"

自那以后，这句"Oh Yes！"便深深烙印在我脑海里，挥之不去。

前阵子，我又得到机会，重温了这句久违的"Oh Yes！"

起因是，我有一位留学美国的老友，时隔七年回到日本。据说，比起日语，他用英语听说读写更为轻松。回国第一时间，他便给叔父打电话问候。闲谈中叔父提到了"混浴"这个词，他绞尽脑汁听不出是什么意思，一连追问了好几遍，惹来叔父的一通臭骂。这倒也不稀奇，毕竟在一个没有男女混浴的国家生活了七年之久。朋友这人十分可爱，性情不含一丝矫揉造作，聊天中却也时不时会插一句"Oh Yes！"。

朋友的"Oh Yes！"，与前文提到那位老先生不仅态度截然相反，同时也更有深意，耐人寻味。

某电影女星，不过出国了几个月，回到日本时，在机场接受记者的采访，便十分美国做派地回道："嗯哼，嗯哼。"导致口碑一落千丈。

此外，我有个在外资公司上班的朋友，每当不小心撞到胳膊肘，或被谁打了一拳，总会洋味十足地来一句："Ouch！"

170

日本人真的这么乐意讲外语吗？有位日常研究多使用德语的学者，在座谈会等场合，也会卖弄满口高深的德语词：

"借用狄尔泰[1]的哲学理论来阐释，在人类生活体验的关联情境范畴内，于扬弃之中批判性地重构更为本真的生命存在。"

这种发言，纯粹是不说人话、不知所云。

好吧，将话题扯回前文提到的老校长。对国人趾高气昂，对洋人点头哈腰，这种差别对待的态度，已成为一种普遍传统，从明治初年的同声传译员，到战后美军占领期的某些日本人，许多都是这副德行。同时，它又会一百八十度反转，走向极端的对立面：将外国人一律视作野兽，嘴里喊着"消灭洋鬼子"，表现出歇斯底里的狂热症状，将日本奉为主宰世界的中心，妄想日本是"永远不败的神国"。

看来，态度不卑不亢地与外国人交往，对日本人来说是个终极难题。这一点，在城市的老式知识分子身上体现得尤为突出。反倒是乡野渔村的纯朴庶民，能够以轻松无谓的心态与那些稀奇的外国人打交道。

关于日本人的卑躬屈膝及虚张声势，我谈得太多，早已经说烦了。其实，最叫人头疼的是，在身份体面的老派知识分子当中，这种人尤为常见，例如前文提到的大学校长。反过来讲，内心对洋人抱有自卑情结的老一辈人里，有不少都是位高望重的学者、思想传统的正人君子或大道德家。正如英文会话的能力高下，并不是评判一个人价值的标准，这种对外逢迎、对内倨傲，动辄把

1　威廉·狄尔泰（Wilhelm Dilthey，1833—1911）：德国哲学家、历史学家、心理学家、社会学家。代表作：《青年黑格尔史》《体验与诗》等。

"Oh Yes！"挂在嘴边的态度与做派，也影响不了一个人真正的价值。比如，一名站街的妓女，英文恐怕要比这位大学校长流利得多，但未必可以说，站街女比校长的成就更高。

我并不打算以头衔的高低来给人打分。只是近些年来，日本的年轻人举止打扮越来越国际化，也更能心平气和地与洋人交朋友，时不时还会用英文和老外吵嘴，不再表现得低三下四……但若问有身份有地位的日本人，是否也正慢慢改掉欺内惧外的老毛病，却也并未见得。既然愈是自卑的人，愈是发奋读书的"学习家"，愈能在社会上做出亮眼的成绩，那我倒觉得，就算爱说几句"Oh Yes！"，也不是什么不得了的问题。只要勤于治学，拿出斐然的成绩，管它外国人怎么想，管它初出茅庐的小青年心里怎么嘀咕你，岂非都是不足挂齿的小事？

三十五　"桃色"的定义

　　我原本更想采用"猥亵的定义"作为本篇的题目，考虑到格调未免失之低俗，恐激起读者的过度反应，遂改成了目前较为稳妥的标题。不过，说到"桃色"，这个概念的意涵其实相当模糊。而我真正想要探讨的是，"到底啥才叫猥亵?"比起一般读者，我更希望负责文化审查的相关当局能够过目一下。

　　关于猥亵，在我以往的阅读经验里，只有法国存在主义哲学家萨特给出的定义，最为确切而明晰。据我所知，再没有比这更精彩的诠释了。

　　萨特在其大作《存在与虚无》当中围绕"猥亵"进行的论述，与他的整个哲学体系存在密不可分的关系，单独挑选若干段落加以解释，恐怕是不可能的任务。首先，萨特将行为与活动区分为"品位优雅"与"品位下流"两个范畴，而猥亵则归于后者。

　　理由在于：品位优雅是指，人的身体做出的每项行为、每个举动，悉数指向某一具体的目标，并在不断的调整中时刻保持与目标的匹配；同时，由旁观者视角来看，行为中又暗含不可预测的潜在心理，它们朝向未来的同时，也沐浴在未来之光的照耀之下。

"构成优雅的要件，在于身体的形象及其活动，必须具备自由与必然的双重属性，是发生在这两种属性之下的一系列动态景象。"

"在优雅的品位中，身体是展现自由的道具。"

例如，女运动员暴露在外的手臂与双腿，或芭蕾舞娘的裸背，这类形象皆与猥亵无关，而是身体对自由的展现，往往令男性感到难以冒犯。

而猥亵与自由，却彼此相悖——这是萨特力图强调的重点。在他眼中，最猥亵的肉体，是性虐狂将受虐对象以绳索捆绑之后，进行玩赏的肉体。换言之，即被剥夺了自由意志的肉体。

所谓品位下流，是指构成优雅的某项要素，因受到压抑或妨碍，从而无法展现时的一种状态。例如机械性的举动，或不小心失误出丑的时候。当芭蕾演员忘记了舞步，只能在某一乐段，反复左右摇摆身体试图掩饰，或不慎在舞台上绊了一跤，摔倒在地，此时，舞者的身体不再具有自由的属性，丧失了自主行为的能力，将一具作为"事实存在"的肉体，骤然暴露在观者面前。换言之，"在我等观者眼中，彻底呈现出它本身的真实状态"。而猥亵，也便随之显现。绊倒在舞台上的芭蕾舞者，袒露在外的屁股，也瞬间成了猥亵之物。

再比如，走路的人，屁股会无意识地来回摇摆。此时，双腿尽管在有意识地运动，臀部却单纯只是一件被双腿搬运的"物体"，作为"多余之物"，孤立于"从事步行这项活动的身体"之外。此时的屁股，便是猥亵物。

萨特的阐释中，尤其令我兴味盎然的一点是：假如一个裸露在外的屁股，对某个目睹它的人来说无法勾起任何情欲，那么它便格外猥亵。

萨特的观点，与社会上那群道德家对猥亵的定义可谓大相径庭。在萨特心目中，猥亵是一种无法唤起热烈性感受的、衰弱、缺乏精神活力的东西。

同时，猥亵的真正含义，潜藏在他人不慎跌倒，而赤裸裸暴露在自己眼前的屁股里，亦即那些出乎意料的、在不恰当的场合目睹不应目睹之物的短暂瞬间里。刻意追求这种意外效果而进行的创作，便称为猥亵物或淫秽文。诸君不妨留意，多数色情书刊在描写性行为时，都将场景安排在寂静的深林中、大白天容易被人撞破的二楼房间等，出人意料的地点。

从这层意义来讲，像《查泰莱夫人的情人》那样不具有丝毫意外性，将恰当的场所里理应发生的性行为，大大方方予以描述和铺陈的小说，无论怎么审读，都不该被定性为猥亵。因为，借用前文的比喻：它所关注的，并非芭蕾舞者不慎袒露在外的屁股，而是起舞中的舞者本身。

萨特所要表达的，便是这样一种理念。

比如，此刻某人正从二楼眺望夏日黄昏的天空，心中不存一丝性方面的欲念与遐想。不经意间，他将目光落向隔壁邻居的院子。不知为何，院子正中赫然摆着一樽白色陶瓷花瓶。

"咦？怎么会把巨大的花瓶摆在这么奇怪的地方？莫非是李氏朝鲜时代的古董瓷壶？"

此君心里纳闷着，定睛细瞧，原来是个躲在绿植丛中洗澡的女人，屁股无意间露了出来。"哈哈哈，原来是屁股啊！"他心中大乐，但仍旧拿不准那屁股到底属于小女孩，还是成熟女人，再说脑子里还残留着白瓷花瓶的印象。接下来的一刻，他马上看清楚了，那是成熟女性的屁股！是个女人在冲澡！况且，是在光天化日的庭院里，丝毫不觉羞耻，恐怕更浑然不知这一切正被人从旁窥视。怎么会这样?! 他做梦也没想到，居然会在这种地方看到女人的裸体。此君大吃一惊，倍觉震撼。这种情形，便属于猥亵。

假如从今往后，此君孜孜不倦地渴望看到相同情景下女人裸露的屁股，那么则可以断言，此君一味渴求猥亵之物。原因在于，他并非是撞见人类身体在自由意志下从事的行为，才燃起了熊熊欲火，而仅仅饥渴于一具作为"事实存在"的屁股而已。

更为通俗地讲，在认同对方人格的基础上产生的情欲，不属于猥亵。将肉身视为独立于人格之外的"物体"，而对其涌起的欲念，则构成了猥亵。由此可见，猥亵是官能激发的，非猥亵则是意志驱动的。

可惜，麻烦在于：理想状态下，人类会彻底脱离猥亵的动机，而单纯由情欲驱动，但在现代文明中，这样的例子却求而不得。岂止是现代，纵是处于古代，在文明繁盛之地，猥亵也必定相伴而生。

于是，为了收拾这种混乱的局面，基督教提出了"爱"的教义，试图将"猥亵"与"真爱"严格加以区分。可悲的是，彻底剥离了猥亵成分的爱，连性欲也一并从中蒸发了。而猥亵本身，则成了"得不到爱的性欲"或"不含爱欲的性瘾"等，这类现代文明病的别称。

三十六　神经错乱的性欲

　　近来的杂志或电影，内容总教人怀疑，如今是个色情狂的时代。眼看时近盛夏，人们的衣着也日趋暴露，甚至有过度之嫌。单是看看杂志或电影，也不免纳闷：日本的一亿国民，莫非个个沉溺于性幻想，以致到了精神错乱的地步？至于脑子里不曾塞满性幻想的人，则禁不住疑心：难道自己才属于不正常？

　　每当思考这个问题，我总会想起一个例子：据某君坦言，他平素体力充沛，性欲也较一般人旺盛，然而，在军队服役的一年里，他却清心寡欲，一点那方面的冲动都没有。作为刚入伍的新兵，他每天当牛做马，被呼来喝去地使唤，晚上累得一头栽倒在床，唯有呼呼大睡才是至高享受，一整年下来，根本把性生活的念头忘得一干二净。不过话说回来，此君为O型血人，性格大大咧咧，神经粗线条，本身就不喜欢动脑子也是事实。

　　另外还有一例，与此君的情况恰好相反。某位留美归来的社会学者，有次在座谈会结束后的闲谈中提到："美国繁华的都市生活，给予了人类的大脑末梢神经过度的刺激，致使其体验快感的能力日趋衰弱，变得不再敏锐。而这类神经钝化的人，反而会对性刺激有异常迫切的渴求，最终，连看到霓虹灯都能唤起其人的性冲动。"

听完该学者的一席话，在座之人无不满腹狐疑，其中一人"咣当"推开窗子，指着对面楼顶闪耀的霓虹，老实不客气地问：

"那你呢？此刻瞧见对面的灯光，有没有精虫上脑啊？"

戴着厚厚的近视镜，貌似脸皮挺薄的社会学者，瞥了一眼窗外的霓虹，嘴里低低嘟囔了几句，便闭口不再吱声了。

——以上两个例子，展示了现代人性欲表达的两种极端。

漫画作品的常见题材，是描绘一对孤男寡女，流落到某座不见人烟的荒岛，于是，二人便在岛上肆无忌惮"做起了爱做的事"，将油门一踩到底，任凭性欲无拘无束地释放……每见此类情节，我总要在心里打个问号。毕竟，现代人的性欲唤起，不仅需要肉体方面的刺激，也需要头脑中的"观念刺激"。而在一座无人岛上，是不可能存在任何"绮念"的。不过，假如每周都有一批色情杂志由东京寄往岛上，那么情况也许会大大不同。

正如我在上一讲中提到，"猥亵是官能的产物"。从这个角度来说，无人岛无法催生出新鲜的"绮念遐想"，纵使和绝世美女朝夕相伴也无济于事。

篇首举出的两个例子，从生活状态与环境来看，一个完全无暇接受绮念的触动，一个却彻底倚赖于声色犬马的刺激，两者恰呈鲜明的对比。

诸君倘若读过森鸥外先生的名作《性生活史》[1]，定会惊讶于

---

1 《性生活史》：原名"Vita · Sexualis"，源于拉丁语，意为"性欲生活"。这是森鸥外的一部自传体私小说，记录了主人公从六岁至二十一岁期间，从性意识的萌发到各种性体验的经历。1909年，小说刚发表三周后，便被日本政府以淫秽小说的名义禁止发行。

他在性经验中的淡泊寡欲。小说中有形形色色的登场人物，通常由于桃花泛滥、风流债太多，而导致身败名裂的，大抵皆是美男子。而主人公金井君不仅相貌平平，性欲方面也表现得恬淡无求。作者以一种从容平实的笔触，描绘了他波澜不惊的性生活史，从头到尾好似一幅色调清淡的水彩画。当然，写下这部作品的鸥外先生曾自负地宣称："大体来说，智识健全、头脑理性的日本人，其性经验史不外如此。那些号称采用自然主义手法的小说，充满了露骨夸张的性描写，纯粹是对外国人惯用的腌臜笔法，所做的拙劣模仿罢了。"

然而，读罢这部小说我们会发现，森鸥外是个对"猥亵"深恶痛绝的人。所谓猥亵，是性欲在遭受官能的刺激之后，异常地膨胀，并沉溺无度、乐此不疲的一种状态。森鸥外并不认同这是真正的性欲。他无疑看穿了自然主义小说所代表的"缘于官能的性欲"，纯属一派谎言。换言之，现如今各种桃色报道当中，"在狂乱本能的驱使下""男人赤裸裸的兽欲呈现""使人沦为兽的疯狂爱欲"等色情描写，统统净是瞎编乱造。不，应该说，森鸥外早已洞察这样的性欲，反映了人在精神上的衰弱无力。

从经验层面来讲，我们都十分清楚：当神经过度疲劳时，性欲反而会病态式地亢进。有人却误将这种状态认作"强烈的原始性欲"，或"一场本能所掀动的风暴"，脑回路着实清奇。倒不如说，这恰恰是距离本能最为遥远的状态。

比如，有位睡眠不足、头脑昏昏的上班族，遭到了上司的训斥，抱着破罐破摔的心情，下班路上，他拐进一家柏青哥店打起了弹子机。谁知手气偏偏臭到家，一颗小钢珠也没捞到。他心烦

179

气躁，转身打算回家时，偶见车站小卖店摆着封面刊登有粉色裸照的杂志，不禁心猿意马起来。心烦气躁经由一系列化学反应，转变为心猿意马——这个过程与"男性宛如太阳般炽烈的原始性欲"究竟有什么关系？它充其量只是掠过大脑一隅的短暂性幻想而已，犹如磕了迷幻药，催化出来的虚渺幻象。随后，此君倘若掏出三十块钱把杂志买下，也不过给这广阔世界某处的某人，送上了些许蝇头小利罢了。

现代人并不满足于被动接受外部给予的官能刺激，自己也会积极主动地加以创造。否则，官能刺激的泉眼一旦枯竭，性欲也将随之干涸，或有干涸之忧。于是，想方设法也要保障泉水不致断绝。正是这种恶性循环，引发了当今时代的色情狂风潮。到了如今这地步，早已形同某种神经官能症了。

话说回来，健康的本能与性欲，又该是怎样的呢？

我觉得至少和裸体写真、充满露骨性描写的新闻报道、"被夺去贞操的处女告白"、色情剑侠小说，或电影里长达二十分钟的床戏等，所挑逗产生的反应有着根本区别。

比如夏季的某天，炽烈的阳光透过树荫，洒落在森林里。一位年轻的伐木工，浑身大汗淋漓，正专心致志地劳作，全然忘却了下半身那档子事。砍伐告一段落后，他擦着汗，在树墩上坐下来稍事休息。忽而一阵凉风袭过林间，霎时吹干了他胸前与后背的汗水，畅快到简直难以言喻。此时，他将目光投向林梢，望着被阳光镶上了金边的枝叶，深吸了一口气，原本彻底放空的他，蓦然从体内深处，涌出了一股郁郁勃勃的活力。他并未在脑海里勾勒某位女子的样貌，眼前也不曾出现什么性感裸女。即使他没有交往中的恋人也无妨。总之，压根不存在围绕某个具体对象的鲜明性幻想，他只是突如其来，想去拥抱眼前这个光明璀璨的世界，拥抱这片绿意盎然的森林——这则故事或许纯属虚构，但我认为，它所反映的，才是真正的性欲，真正的本能。除此之外的一切表现，纵使称为"假象"也不过言。

社会上常有吸毒成瘾的黑道混混，专吃女人的软饭，跑到上野车站拐骗离家出走的少女，等玩弄够了以后，再卖给风俗行业做小姐的风闻。在我听来，这纯粹只是"萎靡的性欲所导致的可悲故事"罢了。而拥有尚未衰退的健康性欲的青少年，却误将这种行为当作了"强悍而赤裸的兽欲"。

倘若真有什么"强悍赤裸的兽欲"，我觉得倒也不错，甚至自己也乐于拥有。可惜，我对假象早已免疫。现代人在性欲上的神经错乱，其根源便是基于虚荣心、爱炫耀，或种种误解，错把"虚弱"当成了与其相反的"强悍"。

三十七　服务精神

听说，已故作家永井荷风素以"讨厌与人打交道"而著称，但万一不巧与人打了照面，他也会顾全对方的脸面，尽量笑眯眯地与之寒暄，说几句应酬话。世人通常把这种情形，称为"都市人的软弱"。某文坛大家向来有"文豪"之名。某次有幸会面，此人郑重客气到简直令我惶恐，在聚会上，甚至特意将我的外套自椅背取下，递到我的手中。世间总有一类人，在风评当中被贬斥为"倨傲不逊、唯我独尊"，实际一接触才惊讶地发现，他们待人接物身段相当柔软。若尝试对这样的例子做个统计，会发现的确以都市人居多。例如，号称作风强硬的总理大臣吉田茂，故乡虽为偏远的四国，但他的行事风格，仍属于典型的都市人。

当然，都市人的这份"软弱"，为人处世的机灵活络，以及殷勤的"服务精神"，是从小便接受社会化训练的结果，也是一种基于利己主义的、自我防卫的本能。或者说，更是内心深处莫名恐惧感的外在体现。人的恐惧心，潜藏在一切对同类的厌憎的底层。

相反，那些心地纯朴，或曰"心灵美"的人，会二话不说地相信，他人行事的动机与自己同样善意。这类人，多数出身于地方或乡村。然而，也不知为什么，越是这类心思单纯的人，脾气和脸色反而也越臭，动不动出言不逊，要么对初见面的人摆出训斥的口吻，要么鼻孔朝天，连打招呼也冷冰冰的，一副没好气的模样。

从童年至少年时代，始终与美丽的大自然亲密无间的人，似乎从根本上对"人类之可怕"毫无概念。成年后，即使充分领略到人类世界的尔虞我诈，也往往愿意相信人性本善。而"相信人性善"与"脸色臭"，恰恰是同一种秉性的两个侧面。

上树摘柿子，跳进清澈的溪流里游泳，在山岭上嬉耍、玩打仗游戏……乡下的孩子们，在无拘无束的生活中，经由"孩子王"与"小跟班"的角色分配，自然而然掌握了社会生活与生存竞争的技能，却不必像城里的孩子，早早便学会察言观色，分辨大人的意图。

对城里的孩子来说，读懂大人的脸色，不只是为吃到更多零食，满足馋嘴的欲望，就连玩打仗游戏、抛接球，或是去公共泳池游泳，样样都得征求大人的许可。原因在于，城市儿童的玩耍空间，并非自然界的原野、大海或山岭，必须请求借用原本属于大人的地盘。

通过学习看脸色下菜碟，孩子们逐渐精通了对付大人的"外交技巧"。但本质而言，这只是弱者"媚上"的一种手段。而此时的讨好迎合，等到了青春期，反而会成为孩子自我厌恶的心理诱因，导致他们盲目叛逆，去反抗成人或社会的压迫。可惜这所谓的反抗，终究不过是谄媚、撒娇的B面而已。

都市生活中，人们从小便悟透了以下道理：

"不可伤害他人，否则必遭报复。损人一千，必自损八百。

"选择尊敬和信赖他人，轻信对方的善意，迟早将遭受背叛，吃大亏倒大霉。哪怕是自己的父母，说到底也是精明自私的成人，什么父爱、母爱呀，千万多加小心，别被这种漂亮的说辞蒙骗，不然绝对下场凄惨。兄弟姊妹也统统靠不住，老哥老姐简直就是人面兽心的畜生。至于叔伯婶姨之类的家伙，一定得多加防范，切勿轻忽大意。学校里的老师，个个都是父母的眼目，反之，父母也是老师的内应。凡是花言巧语，试图亲近我的大人，清一色心怀鬼胎，且自尊心异样强烈，听不得一点反对意见。

"既然谁也不尊敬不信任，疑心他人的动机，那就只剩下维持表面友好这条路了。别看我才十岁，也不得不早早扮演'大外交官'的角色。表面装作对他人客气有礼、信任有加，毫不怀疑对方的诚意，但心底绝对不可忘记，一切只是逢场作戏。此外，切不可因一点鸡毛蒜皮的小事，轻易得罪别人，应尽量手法轻柔地，给对方来一场'心灵马杀鸡'，让人家乘兴而来，尽兴而归。

"等哪一天我也变成大人，就可以拒绝再玩这套八面玲珑的外交术了。继续下去，只会让我吃亏受损，让我显得自贱身价。我必须给对方一种错觉，让他以为在我这里享有特殊待遇。为此，我将在身边四下筑起一圈坚固的围栏，唯有遵照我的规矩，获准进入围栏的人，才配看到我的笑容。而且，那笑容必须温暖到令对方融化。

"同时，这种态度应当尽量不公平、不合理、捉摸不定，让对方吃不准猜不透。这样一来才能证明，我的笑容并非取悦对方的手段，而是我真性情的体现。由此我的身价，也将随之一路攀升。

184

"此外，有资格享用我笑容的人，不能净是有头有脸的大人物。对达官贵人笑脸相迎的同时，也得给傻头傻脑的小字辈一点好脸色。傻瓜容易相信别人，也总对小恩小惠心怀感激，会四处吹嘘我给他的友好礼遇。这使得平日见惯我笑脸的大人物，也不得不打消自己享有特权的错觉，不再认为'这小子态度殷勤，还不是看我位高权重'。这一点尤为重要。

"一番巧妙应对后，我将同时收获贵族阶层的认可，以及来自小市民的，'礼贤下士、平易近人'的美誉。而这两类风评，可谓缺一不可。

"由此可见，傻瓜也有傻瓜的利用价值。虽说愚蠢总令人难以忍受，但学习耐住性子与傻瓜周旋，也是一门必修的功课。"

就这样，十岁大的外交官在都市生活中，不知不觉掌握了一整套辗转腾挪的政治哲学，并且几十年后，他们一个个要么成了永井荷风，要么成了吉田茂。而这一切，皆该归因为"都市人的软弱"吗？

诚然，从某种意义来说，确乎是"软弱"无疑。他们逢人便笑的原因，并不尽然在于信奉这套政治哲学，而是一旦置身人前，几乎总下意识地，在某种不可抗力的驱使下，不自觉将脸上堆满笑容。甚至，晕晕乎乎忘记了那套严肃的政治哲学，不光自己笑得不亦乐乎，还要逗人开心，一派轻松，其乐融融。等到回过神来，又不免陷入悔恨，对自己过度的服务精神深感嫌恶，恨不能对全人类摆出一副冷脸子。可万一遇见人就麻烦了，又会前功尽弃。没法子，索性闭门谢客，把自己关在家里。

讨厌就直说讨厌；见到白痴无须客气，毫不犹豫以蠢货称之；感到无聊，就明目张胆打几个哈欠；心里来气，就亮开嗓门发飙；不想回答，就闭嘴当闷葫芦；觉得好笑，就尽情笑个痛快；对方讲的笑话太闷，就挂个冷脸，从不刻意赔笑；用不着顾虑别人的喜忧，想耍性子就耍性子；被人嫌弃也无所谓，喜欢显摆就大大方方显摆；不必琢磨对方感兴趣的话题，自己爱聊什么就聊什么……有本事做到这一切，才称得上是大人物。大人物的处世态度，绝不是从他人身上模仿来的，而是从粪肥臭烘烘的田间地头，从山清水秀的乡野村落中习得的。

常言道，"物以类聚，人以群分"。兼具社交恐惧症与服务精神的人，往往爱和愿意体谅他人感受的同类打交道，而凡事直来直去的大人物，也多半与大人物走得很近。强者之间的相处方式，绝非行事如履薄冰的都市小民所能想象。不管说话如何难听、态度如何不逊，他们心里也不痛不痒，彼此从不感到被得罪。所以我想说：年轻人啊，若梦想成为大人物，就得练就一副厚脸皮，说到底，能在政治选举中脱颖而出的，终究只有那些心理素质过硬的厉害角色。

三十八　自由与恐惧

任何人似乎都有一样害怕的东西。用近来流行的说法，称作"犯怵"。面向读者坦白自己的软肋，可谓愚蠢透顶，但不瞒诸位，我对 páng xiè 这玩意儿素来挺犯怵的。我当然知道"螃蟹"两个汉字该怎么写，特意用假名[1]来标记，只因单单看到"螃蟹"二字，都会一五一十联想起它的模样，而吓得几乎昏死过去。

民间有种迷信的说法：之所以每个人害怕的事物各不相同，是因为婴儿降生后，剪下的脐带被埋进了土里，而从脐带上方第一个走过的动物，会成为其人一生最恐惧的东西。姑且不论地方乡村是否仍保留着埋脐带的风俗，单拿东京来说，是没有这种习惯的，人们通常会把它收进衣橱抽屉里。而从橱柜顶上首先经过的动物，必定是老鼠无疑了。于是乎，大多数人才最怕老鼠。可依照这种解释，怕螃蟹又算怎么回事呢？我又不是海边出生的。

话说回来，蟹肉却是餐桌上我最好的那一口。不管清蒸还是罐头，我都吃得不亦乐乎。不过,偶尔瞧见罐头标签上螃蟹的图案，照例还是吓得要死。不管它们被描绘得多么诱人，只要看到红艳

1　假名：日语的表音文字。"螃蟹"的假名为"カニ"。——编者注

艳的帝王蟹，在蔚蓝的大海边张牙舞爪……总会吓得面无人色，这点连我自己都很清楚。每当此时，我会眼疾手快，一把扯下标签撕碎丢掉，只享用罐头里的美味。

更加匪夷所思的是，与螃蟹同样面目狰狞的大虾，也是我嗜好的食物。哪怕连壳干烧，我照样来者不拒，唯有生虾刺身略觉瘆人。就是嘴馋到这种地步！

世人犯怵的东西，可谓五花八门。据说，三船敏郎先生最怕寺院里的石灯笼，某位老兄不敢吃蘘荷，还有人对棉被上的波点花纹神经过敏……总之形形色色、无奇不有。不过，别看某些人嘴上喊着："太可怕了！吓死我了！"实际他们的话，你大可不必当真。为此，有人甚至编出了"我怕小笼包"[1]的相声段子，来讽刺这种矫情。

人类为何会有这种特质呢？害怕各种微不足道的东西。不，何止人类，甚至吸血鬼也有弱点，忌惮大蒜、阳光、十字架。而日本的鬼怪，则对柊树叶毫无抵御之力。

绝对无懈可击的强者，叫人觉得索然无味，这样的想法恐怕人皆有之。有本事杀鬼降魔的英雄，却被一只蜗牛吓破了胆儿——单凭这一点，就足以使无数凡夫俗子沾沾自喜，以为自己比英雄更了不起。而英雄也可借此无关痛痒的小破绽，卖个顺水人情，给庸人留点面子。

1　日本落语的经典段子，原话可追溯至中国明代文学家冯梦龙所著的笑话集《笑府》。此书1768年译介至日本，后广为流传。故事大意为：一名饥肠辘辘的穷后生忽然晕倒在包子铺前，店主忙询问原委，后道："我怕小笼包。"店主遂起了恶作剧之念，将后生锁在了摆满包子的屋里，孰料后生却放开肚皮吃了个饱。店主见状恼怒地问："你到底怕什么？"只听后生道："我现在怕的是一杯好茶。"

希特勒这个人物之所以莫名有股阴森险恶的气质，原因就在于，据说他全无软肋，天不怕地不怕。要是他害怕些鼻涕虫之类的小玩意儿，纳粹党说不定还能晚几年垮台。

如果只对毁灭力最强的东西感到畏怯，例如氢弹、原子弹、战争等，这样的人很容易名正言顺地表达恐惧。氢弹也好，战争也罢，这类事物本身便是恐惧的代名词，谁也无法否定其情绪的正当性，纵有胆怯不安，也合情合理，属于天经地义。相反，害怕鼻涕虫、螃蟹或鸡肉料理的人，即使有心解释其中的道理，恐怕也说不出所以然来。于是，患有"鼻涕虫恐惧症"的人，既无法获得他人的理解，也给不了自己一个交代，深陷在说不清、道不明的恐惧之中，无法赋予这种情绪一个正当化的理由。假如你问这种人：

"你觉得氢弹和鼻涕虫哪个更可怕？"

他一定毫不犹豫地回答：

"鼻涕虫可怕多了。"

这个答案若不幸被反氢弹爆破实验的人士截获，定会骂得他狗血淋头、百口莫辩。末了，恐怕还将遭到世人的耻笑。然而，这明明是他的肺腑之言。

此时此刻，比起那颗无从预知猴年马月才会落下的氢弹，眼前的鼻涕虫才最恐怖！这，也是我们所在世界的本质面目。英雄也好，凡人也罢，都逃不脱这项心理法则的约束。假如世间所有恐惧，一概能从逻辑上给出正当合理的解释，那么全世界人类畏惧的事物，便将百分百达成一致。届时，氢弹啊、原子弹、战争等，大概会立竿见影地从地球上一扫而空。可惜，历史的演变从不遵循我们的意愿。按理说，人类最大的恐惧应该是"死亡"才对。但实际上，看待死亡，未必人人皆有同等程度的恐惧。当公寓某住户里，一位快断气的病人正因死亡的恐惧，忘却了周遭的一切时，隔壁人家健健康康的小伙子，却一天到晚被蟑螂吓得吱哇乱叫。

照这个思路类推下去，恐怕"不合理的恐惧"，才是人类一等一健康的心理状态吧。世间大抵不会有自己的亡父尸骨未寒，便跑去观赏鬼片的家伙。不妨这么说吧：唯有未曾直面过死亡威慑的人，才会没心没肺坐在影院里，对着鬼片一惊一乍。

对待蜗牛啊螃蟹之类微不足道的小东西心存惧意，这并非东施效颦、人云亦云，而是完全发乎于自身的独特感受。不如说，其中恰恰蕴藏着其人独有的自由意志。对死亡、氢弹、战争的恐惧，性质是被动的，生怕某种巨大的不可抗力，会扼杀个人的自由。相较之下，我们对螃蟹、蜘蛛、蟑螂的畏惧，却具有一种主动性，出于我们心甘情愿的选择。

我对自己进行了一番深入细致的剖析，发觉之所以害怕螃蟹，见螃蟹而丧胆，是缘于一种心理代偿机制——以小小的恐惧为代价，来抵偿可能失落的那部分自由意志。人在渴望自由的同时，又生恐到手的自由百分之百完整而纯粹。换言之，人即梦想无拘无束，又暗暗期待一小部分自由能受到钳制。倘若遭遇的是氢弹或战争这种威力级别的东西，那么自由意志将被彻底侵犯并掳夺。反之，假如对手是盘鸡肉料理或一条鼻涕虫，为此遭受的意志威胁，充其量只是小菜一碟。于是乎，我们才会积极给自己挑选一两样害怕的东西，例如螃蟹、鼻涕虫等，净是些不足挂齿的小打小闹。由此可见,恐惧的作用属实不可小觑。人类为了生存下去,还是心存一点小小的忌惮为好。毕竟人心所能容纳的恐惧分量,基本上相差无几。害怕一些无关痛痒的事物,便用光了恐惧的全部份额,从而免于对死亡、氢弹和战争惶惶不可终日,在排山倒海的巨大威胁中得享安泰。我之所以此刻尚能确保一定程度的自由,也全拜"怕螃蟹"所赐。

古时候,中国周朝的杞国人终日忧心忡忡,唯恐何时天会塌下来。为此,他们愁得无心劳作、不事生产,这便是成语"杞人忧天""杞人之忧"的由来。杞国人把个人的自由,彻底让渡给了恐惧。他们苦苦搜寻所谓"心安理得的恐惧",末了把目光落在了头顶的那片天空 ——这玩意儿万一砸将下来,可怎得了!到时候不分三六九等、善恶贵贱,人人都得一命呜呼。一想到这里,就觉得没有天崩之虑的人,简直愚不可及,而自身的恐惧反倒有了顺理成章的依据。毕竟,谁也没资格讥嘲"他人的恐惧"。于是乎,举国上下皆停工歇业,荒废生产,到头来落得个亡国的下场。

诚如杞人的例子所示,人类往往有一种"对恐惧甘之如饴"的怪异心理。政治有时也会给民众带来威慑与恫吓。这样的施政之道,称为"恐怖政治",而一旦实施,届时国民手中的自由,将统统被政治家收缴和吞并。

191

三十九　肉身的无常

　　有一次，我受邀担任某健美大赛的评委，来到了位于神奈川县大矶町的"长滩"水上乐园。老实说，我也有意参与该年度"日本健美先生"的角逐，可惜就凭自己那副身子板，也深知是可望不可即的奢念，充其量只配在评审席上溜达溜达而已。

　　灼热的日头底下，肌肉饱满壮硕的猛男依次走上跳台，几经阳光洗礼的身体，抹了油之后泛着光亮。望着眼前赏心悦目的景象，我不禁感慨：夏天果然是属于男人的季节。正当我勤勤恳恳为参赛选手打分时，现场主播手执录音笔走了过来，咨询了一堆意见之后，竟老实不客气地问：

　　"三岛老师，对选手们健美的身材，您心里想必很是羡慕吧?"

　　我毫不给面子地冷冷驳道：

　　"一点也不。肉体最重要的是个性之美。敝人虽不才，但个性这东西还是有的。"

　　这番回答，绝非我输不起故意嘴硬，而是近来我悟到的一点心得。过去，我总对体格魁伟之人满心羡慕。而此刻立于我眼前的选手，也并非起步之时便拥有如此雄健强悍的体魄。他们与我一样，也是从羡慕他人的身材与肌肉开始投入健美运动，经过千锤百炼，才成功拥有了如今这副体格。我的锻炼结果虽称不上成功，但也赋予了我某种程度的自信。毕竟，我已百分百试炼过自身肌肉所能达到的极限了。

从羡慕出发，最终抵达自信的健身历程，我自认对每一步的滋味都了然于心。但世间全然不知其味的，仍大有人在。

正值盛夏好时节，却有不少男人身穿短袖Polo衫，甩着两截枯瘦的手臂，活似两杆竹制痒痒挠，满不在乎地走在大街上。原以为这已算夏日一景，谁知又有那三十来岁竟然大腹便便的胖子，恨不能拿出酒水淋头的架势，大口灌着啤酒，还时不时"啪啪"拍打着凸起的肥肚皮，得意地扮出一副酒豪的模样。此外，还有把干瘪磕碜的肉体掩藏在一身西服下，只拿一副脸蛋当卖点的男子，素以清秀小生自居，坚信单凭颜值便可俘获女子的芳心。一提到"男人的肉体"，只要胯下那根阳物能雄姿勃发、傲然英挺，便可万事大吉，其余部分一概不成问题——这种看法，尤其在日本男性当中占据主流。再加上，女性对男人的身材不抱任何要求，没有一套评判的基准，更加助长了这种观点的得势。宴会上，艺伎若是赞美哪位客人："哎呀，您身材可真魁梧！"不消说，此君定然是个体重百贯、脑满肠肥的病态大胖子。

不过话说回来，我也并非主张所有人都该拥有堪比一流健美选手的体格，或是体育健将一般发达的运动神经、百分百柔软灵活的肢体。不是每位男性，都需要在空中自如地完成各种翻滚动作。然而，正如所有男性都必须具备一定的精神素养，身体方面的素养也同样不可或缺。在我看来，拥有一副健康紧实、没有赘肉的身体，不啻为一项社交礼仪。世人总在担忧，精神素养极度匮乏的年轻人会滥用暴力，却忽略了社会顶层知识精英欠缺身体教养的情况更加严重。

当然，肉身的存在是短暂无常的，注定要朽坏和衰亡，这点不必赘言。首先，在当今社会里，空有一副强健的体格，根本一文不值。唯有某种形式的智识，才能转化为财富。更何况，智识会随着年龄的增长不断累积，身体却年过三十便开始一路衰退、每况愈下。话虽如此，只把"经久耐用"、具有变现价值的智识看得无比紧要，这样的人在我眼中，总有股卑俗之气。人生在世，只此一遭。何不对短暂无常的肉身多加珍惜，将它好生打磨，精心雕琢呢？肌肉的存在何其醒目，那饱满的形状何其强健有力。实际上，它象征了人类生命中最虚无易逝的东西。然而，我却从中看到了生命的美丽。与肉身相比，人类的精神产物、事业、技术等，皆可长久地保存下去。可惜，将短短的一生悉数交付给"长久之物"，未免有鄙俗之嫌。蔑视肉体，就是蔑视众生，蔑视人世。正因如此，我总认为基督教的牧师，精神猥琐而又鄙陋。他们宽大的黑色僧侣袍，将肉身包裹得密密实实，那压根不该是男人的衣装，而是脑子遭到阉割的"精神宦官"穿着的东西。别看耶稣骨瘦如柴，也还是赤身裸体来得更好。

古希腊人确实伟大。著名的喜剧诗人埃庇卡摩斯在其诗篇《人生四愿》中，就曾祈求上天恩赐自己美丽的肉体。古希腊人对美的热烈追求，走到极致时，必然也希望自身是美的体现者，故而向神明宣誓，承诺要锻炼肉体。古希腊文中"Gymnastike（体育）"一词，与如今的体育理念不同，它代表一种成就和缔造美的宗教修行。

斯巴达城邦的青年，每隔十日就要在督导者面前脱去衣物，展示裸体。若有一星半点发胖的迹象，督导者便会更加严格地敦促其节制饮食。而哲学家毕达哥拉斯给自己订立的戒律之一，便是不允许身上出现一丝赘肉，同时细心规避任何身体方面的缺陷。据说，杰出的政治家阿尔西比亚德斯，年轻时由于担心对脸型造成损害，甚至不敢学习吹笛，致使雅典的年轻人纷纷效仿。

——这种崇尚肉体美的思想，在如今的年代已被视为荒谬不经，而遭到摒弃。自从诞生了"精神分析"这门故弄玄虚的学问，知识分子便纷纷被其传染，总喜欢用各种粗暴不讲逻辑的术语，去分析古代民族自然、率真的人性表现。于是乎，一群腆着大肚腩的中年绅士，个个洋洋自得，假如其中一人对鼓囊囊的肥肚皮暗自羞耻，积极地开始跳绳、锻炼腹肌，那么余者定会开启群嘲模式，劝阻他："别丢人现眼了！""一把年纪了，出什么洋相呢！"在艺术家、学者的世界里，枯瘦干瘪的身体总能稳坐高位，因而弟子们也有样学样，大家全都面色萎黄，一副病恹恹的模样，成天泡在原文书堆里。掌握五千个法语单词，和拥有一百一十公分的傲人胸围，到底哪一方更厉害？依我看两者不分伯仲。可在世人心目中，自然是精通五千单词更胜一筹了。

世间那些做人妻的，同样也不例外，总爱显摆些无聊的东西。

"我先生最近要升课长了！"

"我家买轿车啦！"

却从未听见有谁炫耀：

"我先生胸围一米一呢！"

"我老公的上臂围有三十八公分粗哦！"

女人这样厚此薄彼，可谓大错特错。男人行事的动机，多半是为取悦女性。他们在女人的鼓励下，拼命当上课长，买下豪车，乐此不疲地钻研升官发财之道，却懒得花点功夫涨十公分胸围。到头来，女人也失去了一个塑造完美男人的机会。

　　色相无常，男人的肉身也不会永葆青春强壮。健美的躯体非但换不来一文钱，更不具备任何社会价值，谁也不屑于多瞧一眼，唯有孤独地自我鞭策，自我陶醉……充其量，只能去健美比赛亮个相，娱乐一下观众，任人品头论足而已。现代社会里，拥有一身肌肉是可悲的，不过是被当作四肢发达的小丑。但也正因如此，我才为练出强健的肌肉而全力以赴。

四十　切莫以人为鉴

古训有云："以人为鉴，有则改之。"意思不消细说，就是见到他人身上的毛病与恶习，应当反躬内省，纠正自身与之相似的不足之处。这条训诫，可谓言之有理。

在此插几句闲话。两三天前的某晚，一位朋友慌里慌张来到我家，进门便擦着汗嚷嚷：

"我在路上撞见不得了的东西啦！"

不管是谁听了这话，都会猜他大概遇见鬼了吧。

夜晚十点左右的街头，他不期然撞见的，其实是位妙龄女子，身穿一袭透明的薄纱衣，不晓得该叫衬裙还是睡袍，总之除了三角内裤遮挡的部位，其余一律尽收眼底，却一派闲庭信步的姿态，施施然走在大街上。后来，也许终究耐不住路人的目光，感觉有点羞耻吧，她总算缩起身子，溜着路边，鬼鬼祟祟逃走了。这景象虽叫人大跌眼镜，但女孩估计只是去邻家借用浴室，洗澡归来的途中，不巧被路人撞了个正着。想必这是最靠谱的推测了。

这么说来，去年夏天某晚十一时左右，我在新宿也目击过一幅不可思议的景象。

当时，我目测置身于新宿第一剧场附近的背巷里，侧方是高

197

高的过街天桥，四下光线略显昏暗，但尚未到寂静无人的深宵时刻。忽然，迎面出现了两位妙龄女子，举止亲昵，脚下趿着木屐，"呱嗒呱嗒"向我走来。那幅画面，好似民间怪谈《牡丹灯笼》里描绘的女鬼。二人都穿着芭比娃娃式的薄纱吊带超短睡裙，大腿根在裙摆下若隐若现。这也是大马路上难得一见的奇景。估计她们只是天真地认为，既然买了时下最流行的性感睡裙，至少该穿出来，走到街上秀给人瞧瞧吧。

好吧，话题回到"以人为鉴"。这句格言诞生的时代，想必是太平盛世。如今的世态人情，早远远超出了格言所立足的基准线，它已不合时宜，难再适用。无论撞见女子身穿透明纱裙，除内裤以外全身一览无余地走在夜路上，或是遇上一袭性感睡衣漫步街头的小辣妹，都形同于在深夜的大马路上冷不丁目击了外星人，仅凭人类现有的智慧水准，远不能解析其中的奥秘。即使有心"以人为鉴"，奈何对方打一开始，就"非我族类"。

所谓现代，正是这样一种光怪陆离、无奇不有的时代。

因此，对这句格言，大家应当反其道而行，将之订正为"切莫以人为鉴"。这才是与时俱进的现代版本。

"那人居然敢打扮成那副德行，我穿成这样也就不值得大惊小怪了。"

这，才是摩登的自省精神。此中彰显出，不再苟安于既往的旧规则，自己动手开创新秩序的积极意志。而此时成为借鉴范本的，也往往是最离经叛道，最不走寻常路的"怪咖"。现代社会里，愈是标新立异、别出心裁的家伙，愈是容易获得成功，理由便在于此。

"那小子，居然敢朝皇太子的马车丢石头，真有胆子啊！既然如此，我拿小石子砸国铁电车的玻璃窗，根本还差得远呢。"

"听说那女的，往变心的情人脸上泼硫酸啊！和她比起来，我不过是闯到劈腿渣男的婚礼上，朝结婚蛋糕洒了些番茄酱，也算不上太过分嘛。"

现代人总将一切典型的、形式极端的犯罪行为，当作行事参照的范本与标准，以此来合理化自身的不当举止，或犯下的错误。这已成为一种弥漫全社会的风气。好在，并非所有人都具备为非作歹的资质，胆大包天到敢去违法乱纪，充其量只是装出一副恶人的模样，姑且自我安慰罢了。

依我看，对这样的风气倒也不必一竿子打死。例如文艺复兴时期的意大利，就曾是人类历史上第一个"恶世界"，即非道德社会。毕竟再滔天的罪行，也是人类头脑与欲望的产物，个体的意志与能量，得到了最大程度的尊重。毒杀王侯，乃是寻常之事；才华盖世的天才里，也不乏恶贯满盈的混蛋。"恶的秩序"与"善的秩序"，相伴并行。未必像死脑筋的道学家一贯主张的那样，恶总是破坏社会秩序，动辄引发世道的动荡。毋宁说，恶反而是整饬、维持社会秩序的必要保障。

"如此惊天动地之事，那厮居然也敢干，我又何须束手束脚呢！"

这想法背后，充满了积极的主体意志。

总比畏首畏尾地寻思，"既然他敢作敢为，搞出了这等动静，也就没我施展的余地了"，要来得有胆识多了。

再举一例：文部省官员以及家长会的宝妈们，成天吵吵嚷嚷，

199

抗议影视作品中的暴力镜头，埋怨它们大大助长了青少年犯罪。然而，少年人热衷捣蛋作怪，甚至对杀人抱有兴趣，纯粹是人类的本性使然，根本无从扼制。其中，只有少数人最终成为犯罪者，仅占总数的零星几个百分比。其余绝大多数，要么欲犯罪而未得逞，要么断了干坏事的念头。换言之，这是成长为遵纪守法的成人，所需踏过的必经之路。可惜，大人们要么集体遗忘了这一点，要么对此矢口否认。世上压根不存在"没有一丝黑暗面与负能量"，或"找不出反面人物"的电视剧。就连童话故事里，也必有坏蛋出场。《格林童话》等脍炙人口的名作，情节更是极尽残忍。

从这种意义来说，即使为了"救救孩子"，将恶从影视剧中彻底驱逐出境，仅靠"纯洁清新的家庭剧"，肯定也满足不了青少年的好奇心与探究欲。反正，他们总会瞒着大人，偷偷摸摸去看喊打喊杀的黑帮片。

站在未成年教育的立场来看，比起我们这一辈人小时候，如今孩子的成长环境可谓得天独厚。毕竟从少年时代起，就有各种机会与恶交手，充分接受恶的磨炼。

若能三天两头在影视剧中，见识一下恶人的面目与手段，待到将来出了社会，也就不再对成人世界的丑恶少见多怪，体内已对"邪恶病毒"形成了免疫保护。同时也能尽早领悟，"月光假面侠"[1]之类的热血正义感，在现实之中多么脆弱无力。因此，我倒要和家长会的诉求唱唱反调：应当给小朋友多看看"坏人必胜"

1　月光假面：日本第一部超级英雄特摄剧集，1958—1959年间播映。讲述一位身穿白衣，头顶新月形徽记，手持双枪的蒙面侠，驾驶着摩托车出没于月夜，主持人间正义的故事。

的影视剧，让孩子们自己去研究对治邪恶、安身立命的方法。

孩童的心性，往往天真到残忍。法国导演兼作家让·科克托写过一篇发生在寄宿中学里的故事。一群学生向老师告状，嫌某位同学过于目中无人、我行我素。老师教导说：

"你们应当养成习惯，自己的问题自己动手解决。"

次日早晨，人们发现了一具遭到绞刑处决的尸体，死者便是那个任性的同学。这正是孩子听从了大人抽象的人生训诫，未加消化，便理直气壮犯下罪行的荒唐事例。

假如当时，老师这样启发学生：

"太不像话啦！要不然把他吊死算了？"

试问结果又将如何？我猜，孩子们恐怕会启动思考，意识到自己"作恶能力"的底线在哪里，经由这份自省，唤醒头脑中稚嫩的理性，最终也不至于酿成杀人的惨剧。假如孩子们认为，只需遵照大人的道德观，事事奉行大人的指令，便可免于为自己的行为负责，到头来，冷不丁哪天干出杀人的勾当，也不稀奇。在这一点上，无论孩童或青年，都是同样的道理。

201

四十一　大行其道的催眠术

有一本内容十分离奇的书，名叫《搜寻布莱蒂·墨菲》[1]，记录了美国一位平凡的企业家，在某个偶然的契机下接触并掌握了催眠术，便时不时拿朋友的太太进行实验的经历。渐渐地，随着尘封的记忆被一点一滴唤醒，这位女士竟回溯到了自己前世的模样。她恍然记起，自己上辈子是十九世纪初叶，生活在爱尔兰小镇的一名女子。

尽管书中的记录并不十足可信，使我难于照单全收。但假如实情的确如此，则意味着：今后可以利用催眠术的科学方法，去探究各种超自然现象，或以目前的科学理论无法解释的神奇领域，更可证明佛教的轮回说真实不虚。

假如人类能够随心所欲地操纵他人的意志，无疑是件有趣的事。无论政治或者艺术，本质而言所追求的目标并无二致，不过是享受摆布人心的那份快感。不过，这项"游戏"也有规则可依，

1　《搜寻布莱蒂·墨菲》：原名 *The Search for Bridey Murphy*，作者 Morey Bernstein，1956年出版，讲述了一个著名的轮回转生案例。据记载，在美国科罗拉多州，一位名叫维吉妮亚的女子被选中，接受镇上一名叫墨瑞的男人催眠。当催眠实施后，维吉妮亚讲话开始带有浓重的爱尔兰口音，并忆起了许多爱尔兰的民谣与故事。

须得在对方意识清醒、未失理性的前提下，设法打动对方，左右其感受。由此可见，政治与艺术自有公平磊落、紧张刺激，以及煞费苦心的一面。类似某些小说中描写的那样，骗女人服下安眠药后强行霸占其身体，这种乘人之危的勾当属于违反游戏规则，在公平博弈的世界中是为人不齿的行径。催眠术亦不例外。从"左右人心，获得乐趣"的角度而言，它与莫扎特的音乐、印象派的绘画、议会政治等，立足点同出一辙，之所以在众人眼中形似邪门歪道，是因为它有违反规则的浓重嫌疑。

不过我一向好奇，人类果真存在所谓"纯粹的理性"吗？到底是谁下的结论？大概是哲学家康德[1]先生吧。或许先有了"古典理性"的概念，继而才产生了规则，随后又出现了违反规则的判定。假如我们认为，人类根本不存在清晰可辨的理性，催眠术也便立刻不再那么面目可疑了。原因在于，进入二十世纪以来，人类对理性的信仰似乎日渐淡薄，变得越来越持怀疑态度。否则，原该具有理性的人，为何会被纳粹狡猾的宣传神话所蛊惑，犯下大肆屠杀犹太人的滔天罪行呢？恐怕谁都给不出圆满的答案。

反之，如若神志清醒、理性未失，也没被谁灌下什么安眠药，却依旧受人怂恿干出了丧心病狂之事，那么理性这玩意无疑更不可靠了。明明睁着两眼，还被骗得团团转，也不知这眼睛生来何用？明明脑子清清楚楚，还被玩弄于股掌，任人牵着鼻子走，倒不如被施了催眠术，昏昏然受人摆布，来得名正言顺一些，至少

1　此处是指德国启蒙时代著名哲学家伊曼努尔·康德（Immanuel Kant，1724—1804）的著作《纯粹理性批判》，它被公认是西方哲学史上流传最广、最重要、影响最深远的著作之一。

过后不必担心谁来追究自己的责任。而如此一来，催眠也不会一律被视为违反规则的禁忌游戏了。

催眠术的大行其道，恐怕在更深的层面上，恰好呼应了这股现代的非理性风潮，搭上了顺风车。

无论催眠师或接受催眠者，似乎都有意无意，抱有逃避责任的潜在愿望。这也与现代人的心理倾向不谋而合。丢掉责任的重荷，任人驱使，唯命是从——现代人的内心深处，无不潜藏着一丝奴性的欲望。况且，不必借由政治、艺术等复杂而烦琐的技术或手段，只需在对方面前打个响指，口中默数："一，二，三，四……"对方就会坠入深眠，服服帖帖任由自己摆弄——催眠师采用这套做法，也很符合忙碌的现代人凡事怕麻烦、求简便的心理。

听说，近来的电视媒体开发出一种"置入隐形广告"的商业推广技术。用人眼难以察觉的速度，频繁在画面打出"买香皂必选三岛！""三岛牌巧克力美味一流！"之类的文字信息，使全神贯注收看夜间棒球赛的观众不知不觉间，将"三岛香皂""三岛巧克力"的品牌名植入到脑海一隅，等第二天走过杂货铺或零食店门前，会不由自主停下脚步，脱口道：

"那个……我想买块三岛香皂。"

这种技术之下，即使消费者神志清醒，潜意识也会遭到操控，细思可谓极恐。理性的信仰一旦崩塌，那么意识被支配，与潜意识被支配，这两者间的区别势必将变得暧昧不清。

社会上常见一类"电波病"患者，自诉哪怕晚上睡觉时，电视或收音机散发的电磁波也会持续不断穿透人体，导致他们神经

204

衰弱、头晕恶心、夜不成寐。实际上日常生活中，我们每个人，无不被看不见的电磁波所影响。再加上宇宙射线之类的玩意，无时无刻不向我们发送辐射，简直防不胜防。一到下雨天，雨水中更是充满了隐形的辐射能。包括日常饮用的牛奶，说不定也含有辐射元素。除此以外，肉眼无法察觉的病菌等，各种乱七八糟侵害人体的物质，倘若一一皆能被人类的眼睛看见，被我们的意识感知，那么当今时代，恐怕全世界的人都要发疯了吧？

仔细这么一想，如今甚至可以说是个"催眠术盛行的时代"。

大众传媒"具有威力"这个说法，背后也需有大批甘愿被催眠的受众方可成立。媒体带头振臂高呼："美智！美智！"[1]就连平素对皇室八卦没多少兴趣的人，一听到这个名字，也霎时感到热血沸腾，大众正是如此易被煽动。同时，媒体的高明之处在于，绝不生硬地下达命令，而是不忘用一种温柔商榷、从容甜美，类似催眠师的独特口吻，小心翼翼地委婉劝诱：

"如果没有需要，请关掉电源。如果不感兴趣，不买这份杂志或报纸也OK哦。本节目，只对电视或收音机前，乐意主动伸手打开电源，或有意购买报刊的人进行放送。"

综上所述，不难想见：独裁政治也好，恐怖政治也罢，其实早就已经过时了。不加节制地滥用高压手段，逼迫公众听命的治理方式，不仅需要动用极大的权力，更将耗费无数时间与精力，同时也要求数量庞大的军队，及秘密警察来维护其运作。相比之

---

1 上皇后正田美智子，1934年出生于东京，是第125代天皇明仁的皇后，也是日本皇室中第一位平民皇后。曾于1950年代末期，掀起过"美智子旋风"。"美智"是日本国民对她的爱称。

下，以温言软语巧妙煽动，使对方不敢一丝抗拒地接受洗脑，反而更行之有效。洗脑技术大约将取得长足的进步，而"游戏规则"，恐怕也会遭到淘汰，成为一个上辈子的陈腐词语吧。话说回来，我这人性情古怪，偏爱唱反调，既不高兴接受催眠，也不乐意催眠别人。在未曾知情同意的情况下，接受催眠和洗脑，未免太不爽了。但当今社会，生而为人，任谁都会无意间接受某种形式的催眠。是以，我辈应当尽量稀释自身的人格特质。

走笔此处，我立刻联想到，大家最好学一学猫这种动物。世上再没有比猫更我行我素、冷血薄情、不甘听令于人的小东西了。猫，大约是最难被催眠术搞定的族类吧。那么，我也要向它们看齐，争取变得冷漠无情、心如止水、独立自主……只在嘴馋想骗小鱼干的时候，才发出几声娇嗲的"喵语"。

四十二　话里有毒

戏剧作品常以角色搬弄口舌、挑唆是非，或是暗中毁谤、构陷，作为情节转折的关键性事件。莎翁名剧《奥赛罗》中，威尼斯公国的大将军奥赛罗，正是听信了旗官伊阿古的谗言，才亲手杀死了爱妻苔丝狄蒙娜。剧中利用妻子的手帕，作为其红杏出墙的"信物"，直接激起了奥赛罗的妒火，成为触发他杀心的首要因素。然而话说回来，手帕作为物证，效力毕竟是薄弱的，假如它不曾浸满伊阿古谗言的毒液，如同掺了毒的香水般蛊惑人心，纵是个性冲动的奥赛罗，也不会轻易便相信妻子的不忠吧？

古时候，民间流行一种"言灵信仰"，认为语言中暗藏着不可思议的灵力。不过，说起话语、字词发挥的作用，真可谓千奇百怪。比如，报纸以超大号字体，刊登出一则标题：

池田内阁厉行大幅改组

一般民众读来，并不感到这句话磅礴有力，具有震撼人心的功效。不信，诸君请小声念上一遍：

"池，田，内，阁，厉，行，大，幅，改，组。"

这串音节空洞飘忽、言之无物，转瞬就从耳畔溜走了，连做咒语都嫌苍白无力。换个场景，假如是某位朋友，低声在你耳边通风报信：

"喂，你可得小心喽，课长这次搞人员重组，听说盯上你了。"

一字一句，都是平平常常的日语，而你听到它的瞬间，一颗心怦怦狂跳，受到的刺激恐怕远超新闻标题好几百倍。

其实，新闻报道再怎样空洞，好歹也是对事实的反映，既然在报纸上印出了斗大的标题，必然有其充分的依据。相反，朋友的小道消息，拿不出一毛钱证据，说不定纯粹是来吓唬你寻开心的，可惜相较于事实，震撼效果却何止数百倍。由此可见，语言文字与事实真相，或与现实状况之间，并不存在特别密切的相关性。

一语方出，便能即刻发挥魔怪般的神力，只因它直抵我们内心深处，并且是经由第三者之口道出的。

"A君他啊，骂你是个下流坯子呢。"

明明连个影子都没有的事，你却开始对A君怀恨在心。

"你似乎以为B子挺纯情的？实际上，她背着你，还跟另外两个男人不清不楚。"

如果此刻你正热恋B小姐，这些闲言碎语的毒性可非同一般。

"听说XX工业的股票快变废纸啦！"

只需往你耳朵里吹点小风，假以时日它就会发酵成严重的事端。流言蜚语这东西，之所以比任何公共广播里的消息，拥有更快速的传播力和强大的影响力，皆因它们具有"言灵"。换句话说，流言蜚语并非立足于事实本身，而多半扎根于我们内心深处的期待与忧虑，如实道出了我们深层的情绪。这便是"言灵之力"最具代表性的表现。

"我说的都是事实哦。"

这种自我辩白的话语，之所以缺乏信服力与感染力，只因它和动不动挂在嘴边的口头禅"实话实说哦"，从作用来看几乎没差，一上来便败坏了听者的兴致。要知道，拥有"幽灵般的邪门力量"以及"活跃生命能量"的话语，应是如下面目：

"最近到处都在传呢，说是社长快要下台了。"

这种说法，远比"据官方发布的可靠消息，社长快要下台了"，更能让听的人心里一咯噔。

细细忖来，人类社会正是仰赖语言才得以存续——是在语言这种"跋扈生灵"的支配之下，克服了形形色色的误解，同时也怀抱种种幻想，才有幸存活下来的群体。我作为一名小说家，对语言的毒副作用，可谓知之甚深。

"本故事纯属虚构，如有雷同系出巧合。"

这句话，几乎成了每一部小说的免责声明。尽管如此，不，唯其如此，它们才得以将文字的毒性，充分注入读者的头脑。可以说，读小说的乐趣便在于，读者十分清楚文字不会对自身造成实质性的损害，故而与作者达成了默契，同意对方将文字的毒素，以一种酣畅淋漓的方式，尽情尽兴地，注入自己体内。

有些性子粗莽、心直口快的男人，一开口净说些得罪人的话：

"你这塌鼻子，长得可真偷懒啊。上次见到你家老爹，我便心说，果不其然，遗传的力量到底不可小瞧。不过话说回来，你爹的鼻子，比你还算生得周正一些呢。"

"听说，你每天出门前，只能从老婆手里领到一百元零用？这不就是时下流行的'百元丈夫'嘛。你一个大老爷们，不觉得没面子吗?"

"你小子啊,家里怎能脏成那副德行?简直跟贫民窟没两样,真叫人看不下去。想客套客套,夸奖两句,都无从下嘴。真亏你居然住得下去。该不会臭虫乱爬吧?"

"瞅你家那群娃,有一个算一个,咋都生着张南瓜脸呢?就算男人靠的不是长相,可丑成那副模样,等到了该交女朋友的年龄,成天为相貌发愁,他们不得恨死你这个老爹啊?"

意外的是,这些口没遮拦的家伙,反被认为"心眼不毒",故而深得大家喜爱。对于当面的"亮话",我们能立刻扎好架势以便抵挡,给自尊披上防御的铠甲,打个哈哈一笑而过。换言之,当面说出的丑话,毒素含量之所以较低,原因在于受到攻击的人,也能保有一定程度的主体性,不至于毫无还嘴的机会。

反之,从第三者口中听到的闲言碎语,又如何呢?

"那家伙到处跟人摆活,说你是个塌鼻子!"

这种间接传进耳朵的流言,使我们完全丧失了主体性,陷入"无防御无保护"状态,沦为他人取笑的对象。我们只能在脑中勾勒自己狼狈、屈辱的形象:

"我居然是大家背地里的笑柄!"

那画面如此清晰,反映出一个惨遭众人排挤的、可怜而孤立无援的"我"。然而"我"束手无策,什么也无力左右。这番想象,不禁使"我"怒火中烧。

此时此刻的"我",究竟是怎样一种存在呢?主体性彻底遭到剥夺,仿佛社会角落里一粒微不足道的石子,被别人一脚踢飞在旮旯……这样的"我",难道还是我吗?

实际上，这种情形下的"我"，或许才是我们最不掺杂水分，最货真价实，也最难以面对的自己呢？

换个角度一看才发觉，有必要对前文那句武断的结论做个订正：话语文字与事实真相，或现实状况，原来竟大有关联。不妨这么说吧：背地里煽风点火的语言，含毒量爆表的语言，无凭无据、信口捏造的语言……正是这些语言，残忍揭示了我们不愿直视的、有关自我的真相。

伊阿古向奥赛罗嚼舌根，诬陷苔丝狄蒙娜不守妇道，事实上，一切纯属子虚乌有。伊阿古的恶毒谗言，精确揭露的并不是苔丝狄蒙娜的不贞，而是号称心地高洁的奥德赛，内在真实的软弱人性。

四十三　凡事应当多发牢骚

　　人生在世，若凡事都抱着唯唯诺诺的态度，对他人的话即使一肚子意见，嘴上却连连称是，这非但得不到半点好处，还只有吃亏受损的份儿。

　　"这是上面的意见，胳膊总拗不过大腿啊。"

　　"唉，我这种小角色，受到如此待遇，也只能认命了吧。"

　　"反正我人微言轻，就算有心提几句建议，人家也不会理睬的。"

　　有这种思维定势的人，一辈子岂止有吃不完的哑巴亏，到头来还会被讥笑为"滥好人"。

　　已故的歌舞伎演员喜多村绿郎，有个人尽皆知的绰号"茶煲绿郎"。他能够晋身为业界大牌，不消说自然是才华过人，但那种凡事总唠唠叨叨，非要追究个所以然的态度，无疑也功不可没。

　　一个管住嘴从不抱怨的人，必是遭到了人生经历的重锤，强行改变了心性。实际上，发牢骚才是人类骨子里的天性。诉诉苦，发泄发泄不满，借此若能捞点实惠，固然很好，就算讨不到任何好处，至少也没什么损失——这种心理，大概人皆有之，只要观察一下小婴儿即可证明。婴儿一旦想要喝奶，就会无所顾忌地放声啼哭，咿呀叫闹，不达目的绝不罢休。他们才不会有"反正我是个小不点，哭也没用""都怪我脾气不好，大人才不给我喂奶"之类的念头。这种毫不反省，只知一味索求的态度，恰恰是人类生存意志的体现。

说到这里，想必会有人抬杠：婴儿那么弱小无力，自己什么也做不了，不过是借由哭闹的方式，来呼唤大人的帮助而已。那么照此逻辑，有力量的成人，自己无所不能，应该不会再有任何牢骚了吧？可是，放眼瞧瞧世间真相，不必说也知道：越是有力量的人，越是喜欢抱怨，且收效越好，回报越高。

所谓力量，也分很多种。

"喂！你瞅啥？瞧不起人是吧？"

这种热衷找碴滋事的家伙，多半是对原始的肉体力量极具自信的痞子。当然，这套把戏能给他赚点小小甜头，但绝对换不来巨大的收益。毕竟现代社会里，单靠拳头说话，并没有多大价值，人得先拥有权力、社会地位，才具备"搞事情"的资格。

当然，光有以上两项条件仍不足以予取予求。男女关系，也是一种权力的游戏。拥有"被深爱"的十足自信，才敢恃宠而骄，向对方提要求。总之，发牢骚这事，无论如何离不开某种形式的力量充当底气。除了权与势的撑腰以外，劳动工会之所以敢向资方叫板，也是凭借了群体之力。由此可见，婴儿的哭闹也是一种本领，或许缘于他们本能地确信会得到周围大人的呵护。

我们不妨设想：一个人缺乏实力却总满腹怨言，会是怎样的下场。比如，资历尚浅的新员工要挟课长：

"不给涨薪的话，我就不干了。"

或者：

"我的办公桌破烂得要命，简直耽误干活，要是不给我买张新桌子，明天起我就不来上班了！"

只怕他话音刚落，课长就回敬一句：

"阁下请便。"

然后马上请他卷铺盖走人了。

再比如，老鼠去跟猫谈条件：

"别老喵喵叫个没完，在家里四处瞎晃悠。你再不改掉这臭毛病，赶明儿起，我天天上屋顶跑酷蹦迪给你瞧哦！"

结果不等它说完，脑袋就被猫咔嚓一口干掉了吧。

又比如，籍籍无名的小说家，带着手稿来到杂志社，嚣张地大喊：

"你们到底什么时候看我的稿子？再不看的话，我可撤稿啦！"

对方闻言，恐怕不急反笑，只会求之不得呢。

自不量力、乱下通牒的人，只会丢人现眼，从中吃尽苦头。

话虽如此，与人叫板这种事，纵然抛开得失的算计，也自有它无价的快乐。那便是：确认自己到底几斤几两，实力几何，也让对方再次领略一下我们有多少战力值。正如一个武功高强的人，偶尔也得找个对手较量一二，试试身手，否则无从判断自己的腕力究竟如何。有时，不放胆叫阵，跟谁唱唱对台戏，自己的实力就无法清晰地显现出来。同时，这种硬碰硬的过程，还是检验自身资源与筹码的有效方式，若遇到势均力敌的强大对手，更是一场果敢的挑战，一次针尖麦芒的对决。不过，话虽如此，也得分清火候，瞅准时机，务必握有绝对胜算再出手。

214

举例来讲：你写的戏即将被某剧团搬上舞台，再过四五天就要开演了。这时你发现，剧团丝毫不尊重编剧的意思，擅自调换角色，删改戏份。你若打算撕破脸，给对方点颜色瞧瞧，就必须少安勿躁，先从旁静观事态发展，审时度势。

"瞧这帮家伙自鸣得意的嘴脸，挺不把人放在眼里嘛。哟西，那我就先抱臂看场好戏。回头可劲儿收拾丫们，瞅瞅丫们哭丧脸的德行。"

这样盘算着，冷眼作壁上观的同时，你也在心中暗爽，怀揣恶整别人的期待，品尝着自己有办法置他于窘境的刺激快感。大体而言，比起予人幸福快乐，反倒是刁难他人、陷他人于困苦，更能使当事者获得明确的力量感。

没多久，时机来了！你当即声明：

"慢着，先别开演！身为作者，本人对这出戏很不满意，决定撤回剧本。"

顿时，剧团上下陷入了混乱。一票人你来我往，对待原本不屑一顾的作者，轮番上门求情请罪。你若打算多享受片刻其中的乐趣，就不能轻易点头和解。震怒的面容之下暗含几分愉悦，愤慨激昂的神色掩不住心头的窃喜，世上再没有比发飙更痛快的事。世人只知眉开眼笑的喜悦，却不懂铁青的面色下，包藏的那份快乐更具含金量——将这帮人一通搓圆捏扁之后，你再不失时机地收手即可。自此，人人都会敬畏你三分、高看你一眼，你的权威也将获得认证。

"老子现在很不爽！"

敢于向世人这样撂话的你，方可体会成年人专属的乐趣，以

215

及力量在握的人，所能享有的快感。

社会上倒也不乏一帮"愤怒的青年"（Angry Young Men）[1]，但他们充其量只是羡慕大人的快乐，东施效颦而已。基本上，不会有谁把"愤青"的示威放在眼里。

我们不妨调转视线，再来看看日本的政治。在国内，各路政客明明同室操戈，斗得你死我活，为了给彼此塌台而煞费不少苦心。可悲的是，放眼国际舞台，敢跟强国对峙，直抒胸臆的代表，自战后以来，竟数不出半个。战前，虽有外交官松冈洋右，导演过一出"退出国际联盟"的掀桌大戏，但归根结底，只是仗着军队的枪杆，用市井泼皮的方式逞强斗狠罢了。印度第一任总理尼赫鲁，对西方列强采取"不结盟不合作"策略，才是真正意义的"如何出牌，操之在己"，可谓不负本职。印度人一向手段精明，善用非暴力的方式表达不屈的态度。最终，通过这种以退为进的较量，既彰显了自身的高洁，也在力量不敌对手的情况下，展示了民族的强硬底气。

日本到底该算三等国家还是四等国家，我不得而知，但放弃过往那种"小国寡民的妥协外交"，偶尔高声抱怨几句，发发牢骚，又如何呢？如此一来，才能看清自己手里的底牌有几张同花、几个顺子。

1　愤怒的青年：指1950年代，在作品中表现出强烈愤世嫉俗情绪的西方青年作家、评论家。这批人对于当时西方社会的种种现象感到不满，进而大加批判，其言论对社会主流来说相对偏激、极端，甚至带有无政府主义倾向。

四十四　塑料假牙

　　一位朋友刚镶了五颗塑料假牙，特地咧开大嘴，得意扬扬逢人便炫耀。见状，我们这帮老友少不了损他几句：

　　"有什么好显摆的?"

　　"看上去跟白瓷砖没两样。"

　　"在那白瓷砖上画幅《富岳三十六景》如何啊?"

　　说到这事，我想起在纽约遇到过一个年轻人，自称是弗兰克·辛纳特拉[1]的表弟。他不无得意地提到，自己受伤撞断了鼻子，为了修复七扭八歪的鼻梁，遂跑去拉斯维加斯做了整形手术，植入了一根塑料鼻骨。

　　人们为何热衷于卖弄这种经历呢?

　　做过医学美容后，样子确实漂亮了不少，可植入的塑料假体，毕竟是没有生命的物质，不再属于我们"肉身"的一部分。其实，多想想会发现，大家平日里攀比、炫耀的东西，基本都不是"活物"，并不属于生命体。有钱人常爱炫富，晒豪宅，晒一九六二年款的新车，纵是再低调，也要晒一下袖扣或瑞士腕表……总

1　弗兰克·辛纳特拉（Frank Sinatra, 1915—1998）：美国著名爵士歌手、演员，曾三获奥斯卡金像奖。电影代表作：《乱世忠魂》。

而言之，他们引以为豪的东西，统统是无生命的"死物"。而拥有一堆堆"死物"的人，却自认比没有的人更气派、更体面，这种行为，本质与卖弄假牙毫无区别。

在此，不妨来勾勒一下未来的文明世界是何景象：

人类的身体器官，逐渐被形形色色的假体替代，悉数变成了美观的人造品。"整形手术"早已成为老掉牙的过时概念，皮肤、脏器、骨骼……人类从头到脚每个组件，但凡老化作废，便可立即更换一新。届时，广义上的塑料假牙，恐怕将遍布周身吧？人类将不再尊重"与生俱来"的肉身吧？反正哪里坏了，随时换掉它就好。比如在美国，牙齿不整齐的男性，在社会上往往不受尊重，于是许多人会趁年轻时，把生来的一口乱牙拔除，逐颗置换成假牙。未来社会的人类，估计也会采取相同操作，将不满意的身体部件，一律换成美观的塑料制品。"身体发肤，受之父母，不敢毁伤，孝之始也。"这句古训，大概也将沦为无稽的笑谈。

最终，人类浑身上下，乃至脑髓，说不定皆可以塑料制品取代。与生俱来的肉身，彻底沦为废品，早已脱胎换骨为一具人造躯体。届时，不再有"死亡"这回事。在不断汰旧换新的过程中，人类自然而然获得了永生的保证。假设真存在"死去之人"，其"死尸"也不再如现在的血肉之躯，会快速腐败，淌出脓水，而是像一只坏掉的钟表，被丢弃在垃圾场，永远保持着生前的样貌，静静地躺在原地。

一番不着边际的畅想之后，我的脑子里反而冒出重重疑问："我"这个概念，究竟包含了什么？而所谓一个"人"，又该如何定义，涵盖了那些方面？

首先，不妨来分析一下"我"这个人物。

目前来说，唯一能够清晰断言"这即是我"的，仅限于我的肉体。可就连肉体，也会随着细胞的新陈代谢，每隔若干年便彻底改头换面，更新一次版本。不停生长的头发或指甲，必须时时修剪。而剪掉的头发指甲，已不再是"我"的一部分。以此类推，我口中的金牙或塑料义齿，与剪掉以后，化为一团"死物"的头发指甲，究竟区别在哪里？答案十分含混。再比如，我排出体外的尿液，与胃袋中的胃液，又有什么区别？也是一本糊涂账。

既然如此，所谓真正的我，是否单指我的意念与思想呢？这也很难一概而论。毕竟，我的思想是在种种因素的影响下而成形，且瞬息万变，意识随时随地都在流动，这一刻或许正琢磨古希腊悲剧，下一秒就开始寻思"中式包子到底是肉馅好吃还是豆馅好吃"的问题。思想的形态，可谓千头万绪、支离破碎，而那些完整、固结的板块，无不是社会强行填塞的、低俗的"普遍常识"。但谁也不会乐意这样定义自己：

"我这个人，就是各种社会常识的集合体。"

撰写小说或论文，说到底，目的是让他人了解自己的所思所想。因此，我的思想会以某种系统化的面貌，完整呈现出来。而最终付梓的著作，本质而言，不过是一沓被油墨污染的纸张，若非要把这本装订成册的纸定义为"我"，也是同样勉强。

那么，继续放眼四下：从我日常穿用的内裤、跑步背心、运动衫、长裤、皮带、袜子、鞋类、鞋拔子，到柜中的几套西服、毛衣、牛仔裤，甚至我的房子、存折等，尽管样样都是我个人的所有物，却依旧不能说：

"我等于我的皮夹克。"

妻子、儿女尽管是我最不可割舍的家人，却各自拥有独立的人格，也不能等同于我。

……就这样，经过一番没完没了的哲学思考，会发现：以"属于我"，作为定义"我"的依据，结果反而愈加含混暧昧。

同时，我也领悟到一个事实：人人都是凭借"所有权"，这个财产上的概念，来勉强支撑对自我的认知。

"我拥有×××"——你我的人生，不得不基由这样不断"举牌声明"，来获得满足。能够拥有，已然足够。这，便是我一番思考得出的结论。

可话说回来，在奴隶制早已废除的现代社会，所谓"属于我"，充其量不过是指：暧昧模糊、难于定义的"我"身边，被一件件"非生命物质"所填充、环绕。而该样物质，更不必非得是我自身的一部分。

由此可见，篇首提到的塑料假牙，毫无疑问也该归为"我的所有物"。

对我来说，与生俱来的东西，时至今日早已无法更改，但"属于我的所有物"，尚可通过努力大加改善。爹娘给的牙齿坏掉了，就拿塑料假牙顶替，只要它们看起来比原生配件更美观、体面即可。

由此，我终于将"塑料假牙"，纳入自己的三观当中。尽管它们只是不值一晒的"非生命物质"，但若问人类是否能以人工方式，制造出超越"非生命物质"的东西，还是个大大的疑问。正如种植稻米，培育玫瑰，充其量是给大自然帮把手而已，并不

220

属于人类自身的功劳。

　　自从降生于这个世界，人便仿佛一团活跃的镭元素，将从未探明是否存在的"我"，持续不断辐射到四周的"非生命物质"当中。随着"我"这团放射元素逐渐衰减、消亡，其人却凭借一件又一件敲上"我"个人私章的"非生命物质"，变得越来越气派和体面。

　　说到底，伟人也好，英雄也罢，皆不过是"塑料假牙"的堆砌物。可即便如此，比起那些掉了真牙却没能力替换的人，终究也要风光百倍。

四十五　红衬衫与痴呆症

给诸位道个恼，我又要拿读者投书来充当讲座素材了。早先，我曾在一次电视节目中高谈阔论，数日后，便接到某位自称"任职于X大学精神科"的神秘人士，寄来的匿名明信片。从字里行间，我久违地领教了荡气回肠、绕梁三日的读者骂。这犹如天籁一般的训示，不才如我，须当恭听谨记。

该人士写得一手漂亮的好字，推测大约是高知分子。现将来信，原文抄录如下：

从你今早在电视上自我陶醉、大放厥词的表现（夸大妄想症），以及关于红衬衫的荒谬论调、家居装潢的畸形趣味来看，我怀疑你恐怕是遗传了重度的痴呆症。从古至今，米开朗琪罗、凡·高、芥川龙之介等文艺巨匠，多数患有认知失调症。例如，莫扎特因疯癫的心性而短命，梵高在精神错乱中举枪自杀。此外，中台达也（三岛注：莫非指仲代达矢？）、中原淳一采用的家装设计风格，也带有精神病患者的趣味倾向。我看你在社会上薄具声名，因而颇为自命不凡，须知心智异常者，

222

往往都有些出名的潜质。德川幕府末期，有男人因表演从肚脐眼往外撒尿，换来一时声名大噪。二战前，在龟户那地方，也有人利用女子阴部表演喷火、吹箭、拖花车等杂耍，而驰名远近。男人一旦精神状况出现异常，道德水准便会趋近女性。反之，女性的精神异常者则会趋同于男性。从嗜好倾向来判断，喜穿红袜子、红衬衫的男人，就像爱穿长裤、留短发的女人一样，都属于精神病患。

单凭这段文字，诸位恐怕不足以了解事情的原委，容我稍做解释：节目当中，我与主持人一问一答，进行了十分钟左右的访谈。面对主持人言语冒犯、态度轻浮的发问，我难压心中怒气，始终摆着一张臭脸，信口开河道："每个人内心都有穿红衬衫的愿望，却害怕旁人指指点点，不敢穿出门去。我就不在乎，想穿随便穿。"

投书的神秘人士看不惯我这番狂妄发言，又对电视镜头里我家的装潢风格颇有意见，但说来说去，"任职X大学精神科"肯定是瞎编出来的鬼话。我身为小说家，一贯对精神病理学有所涉猎。这位男士不过略懂几句粗浅的精神病常识，我敢说，就算是近来常见的野鸡大学，也不会聘用只有这几把刷子的三脚猫。

话虽如此，这封来信至少反映了当今时代里，一类社会意见的典型。我之所以把它，而非其他信件，拿到"不道德教育讲座"来展示，用意正在于此。

因为来信的内容从表面看，貌似一份精神病诊断书，实际却若隐若现地流露出，一种愤恨难捺的道德谴责。这封投书的主人，

223

若不是精神异常者，便必然是个苛刻的道德家。现代社会中，这两类人士，往往表现出极为相似的面貌。敝人也是其中的一员代表。而投书的主人，把我当成假想敌，自以为不共戴天，实际潜意识里，指不定视我为同类的代表呢！

这些人，为何喜欢给陌生人或机构写信呢？因为孤独感作祟。同时，作为一种惯用伎俩，还要把孤独不合群的想法，粉饰为"社会大众的意见"。其中最为典型的例子，看看踊跃给报刊写信的所谓"投书夫人"[1]，就会明白。

投书爱好者为何孤独？因为内心充斥着不满。其他人从电视节目里看到我的表现，顶多撇嘴一笑：

"那家伙又在胡咧咧了。动不动把'每个人内心都希望'挂在嘴边，老子就从没动过穿红衬衫的念头。嗨，管他呢。当他是放屁就行了。"

可惜，投书爱好者是个正经人，性喜较真，对他人的意见或可笑观点，做不到随声附和，也决不愿听之任之。问题是，他又无法当面予以驳斥，遂使他更加痛心疾首。

投书爱好者哪来那么多不满呢？首先，他是个道德纠察员。喜欢动用严苛的道德标准，去检视生活中鸡毛蒜皮的小事。比如他坚信：身为日本人，就应当身穿黑色和服，在光线阴暗的日式厅堂里，正襟危坐于榻榻米之上，这才合乎体统。而"堂堂大男人"，竟敢身穿红衬衫，脚踩红袜子，简直娘娘腔，伤风败俗，

---

1 投书夫人：日本1950年代后期，广大女性热衷于给报刊杂志写信、投稿、抒发意见，一时间蔚为风潮，使得"投书夫人"一词应运而生，其中包含着对女性书写的揶揄之意。

不可姑息！

若是搁在早年间，他也许压根用不着以"神经病""痴呆症"，称呼这些看不顺眼的家伙，只需呵斥一句：

"男子汉大丈夫，成何体统！"

就足以羞辱对方了。

乃木大将军专门以此为撒手锏，来整治风纪。比如男人涂发蜡，在他看来属于零容忍的不道德行为。对这种离经叛道的做法，他只需挥舞起道德大棒，厉行打压，或予以禁止即可。

然而，到了"现代"，瞧瞧吧，世道成了什么模样！男人满不在乎地穿上红衬衫红裤子，一门心思琢磨着如何打扮；女人不知羞地穿起了长裤，毫不心疼地剪去青丝，顶着一头乱糟糟的短发。

况且现代社会里，道德家的不幸更在于，即便他声嘶力竭地疾呼：

"堂堂七尺男儿，却如此作妖，不觉得愧对武门列祖列宗吗?"

或是：

"女子当恪守妇道，以大和抚子为典范。"

可悲的是，闻者只会从鼻孔里赏他一声冷哼，使他愈发哀叹："天不生夫子，矣已吾道孤。"所以，这该如何是好呢？

一番苦思冥想后，道德家灵机一动，宣布了对方的罪状：

"你疯了！"

"你有痴呆症！"

这两项罪名，至少听起来挺唬人的，似乎颇有科学依据，对方想必不敢不予理会。

然而，现代社会里，更可悲的是：赠予他人的"疯子"称号，随时会业力反噬，回到我们自己身上。对方闻言，再度发出一声冷笑，随即回敬：

"哼！说什么胡话？你才是精神错乱了吧？"

"你才有痴呆症呢！"

寥寥一语，便打个平手，扳回了局势。

在如今这个年月，往往是立场不同的两帮人，互相把对方视为疯子。这正是现代社会的特性。比如，美国看苏联，是丧心病狂；苏联看美国，也是鬼迷心窍。近年来，东西方的两帮疯子终于派出代表，坐下来和和气气举行会谈，不计前嫌地讨论起了彼此的病情，可见时代果真进步了……

如今，道德家不再立于不败之地。那个道德家永远正确，或自诩永远正确的时代，终已远去。悲乎哉！唯有一条道路，摆在他们面前，可使他们免于孤独。

那便是，勇于向天下人承认：自己才是疯子，自己才有痴呆症。

谁是精于此道的佼佼者呢？不才如我，委实拿不出这等勇气。撑死只能在电视上拉长臭脸，夸夸其谈罢了。

敢在这条道路上一往直前的勇者，无须向他处寻觅，正是号称"舞蹈之神"的北村佐代[1]女士（慎重起见，先声明一句：我并非该教的信徒，无意于在此宣教）。她在有乐町中央的繁华地带，率领信众跳起玄之又玄的祈神舞，深深陶醉，陷入狂喜，宛如天人合一。那毫不造作的身姿，展示出当代道德家最为坦荡、豪迈的气度。

1　北村佐代（1900—1967）：日本"舞蹈宗教"，即天照皇大神宫教的教祖。

四十六　造假时代

前阵子，据说市面上流通着一些面额千元的假钞。某天，我在车站售票处，掏出一张险些割破手的簇新千元大钞，想买一枚去往有乐町的二十元车票。售票员瞥了我一眼，将那张钞票凑近灯光下照了半天，又拿指尖弹了几下，验罢之后，这才把零钱找给我。

听朋友讲，那段时间，他在某百货公司购物，场内的广播常会再三放送：

"紧急呼叫：刚才在四楼进口商品专柜，用千元纸钞购买过一条红色领带的顾客，辛苦您了，请尽快返回该楼层一趟。"

"哈哈哈，收到假钞了吧。"

朋友猜测着，不禁在心里窃笑，可转念一想，忽然又悬起心来，自己的钱包里该不会也混有假钞吧？

别说本国的纸钞了，就连美元也是假币泛滥。早些年，虽存在美元的黑市兑换，但至少钞票本身不会造假。按照现如今这股趋势，外国机场的海关人员，恐怕不难从日本议员的肚兜里接二连三搜出大把美元伪钞，上演一出令人哭笑不得的荒诞悲喜剧。

近年来，岂止是假钞，各种有关造假的新闻纷纷扬扬，可谓满天飞。

据报道，前不久某女性杂志刊出的获奖文学作品，后经查明，其实是抄袭自福克纳[1]，获奖资格当即便被取消了。当初公布获奖消息时，美女作者的案头，求婚信如雪片般纷沓而至，谁知随着资格取消，求婚者也如退潮般霎时间销声匿迹。听到这样的八卦，我不禁对世人的势利嘴脸大为惊讶。

近来较为知名的伪作事件，发生在皇室举办的"和歌吟诵会"上，而某新晋女作家，据说也被指出负有剽窃嫌疑。

画坛亦不例外。一位过去数十年间为某西洋画大师充当幕后代笔的男子，站出来曝光了身份，而画家本尊对此却不置可否，于是有小道消息传出，指称一切不过是擅长借炒作抬高身价的画家，自导自演的一出赚取眼球的好戏。

至于冒名顶替他人的事例，更是不胜枚举。就连此刻撰文讨论造假的我，也算不清身后究竟有多少冒充者。据说，冒名者A在京都游山玩水，挥金如土，所到之处，比我本人受欢迎何止数倍；而冒名者B，因犯下盗窃罪，被关押在位于小菅的拘留所内，他谎称自己的笔名是三岛由纪夫，甚至还给人家监狱发行的一份内部杂志，进行短歌写作的指导。

即使有人把我出席座谈会的新闻报道拿给他看，他也脸不红心不跳，继续一派笃定地满嘴跑马：

"鉴于目前我本人正在蹲班房，老妈为了顾全体面，便代替

---

[1] 威廉·福克纳（William Faulkner，1897—1962）：美国文学史上最具影响力的作家之一，意识流文学在美国的代表人物，1949年诺贝尔文学奖得主。代表作：《喧哗与骚动》《我弥留之际》《押沙龙，押沙龙！》等。——编者注

我出席会议，充充门面。报社刊登的，估计是我早年的旧照片，和我目前的长相略有出入。"

一想到此时此刻，在这大千世界的角落里，正有人费尽心机手段，在徒手绘制假钞，打造名画珍玩的赝品，或冒充名人招摇撞骗，我便觉得有股莫名的幽默感。弄虚作假确实缺德，但这帮家伙打一开始就不稀罕所谓真实，也从没打算来真格的，这种戏谑不恭的精神，实在令我忍俊不禁。

所谓"真身"，首先不存在"露马脚"这回事，未免无趣得紧。比如古装武打片里，常见这样的戏码：水户黄门[1]或大名府的少主，扮作市井老叟或鱼摊小贩，潜入民间，微服私访，直至末了才亮出真身，大白天下，沐浴在百姓的喝彩声中。而在如今的民主时代，本尊们再无刻意隐瞒真身的必要及余地。各种所谓的穿帮事件，充其量，不过是卧底在毒贩帮派里的刑警，不慎暴露了身份。而这，也多半是电影里的虚构情节罢了。

本尊们即便隐藏身份而露馅，通常只需恢复其"真身"，即可回归原有的生活。而假冒者却不一样。有关他们的故事，往往少不了一个"拆穿西洋镜"的高潮段落。而伪装一旦被揭穿，假冒者将瞬间两手空空、一无所有。

此外，制作赝品及假冒他人的一切努力，不消说，目的皆是图谋钱财或女色。但其背后，往往还隐藏着另一层非政治、非功利的动机，即某种纯真的出发点。否则，他们若想更快捷地掇取更多利益，世上可资利用的罪恶手段，要多少有多少。

---

1 水户黄门：日本江户时代水户藩的第二代藩主，德川光圀的别称。黄门是日本古时官名"权中纳言"的汉风名称。

作假者在某些瞬间，或许也会沉浸于自我陶醉，但多数时间里，却十分清楚自己是个冒牌货，而世人对他伪装出来的面目却坚信不疑。这便构成了一种双重欺骗：即愚弄了社会，也羞辱了社会所认可的"真品的价值"。天下再没有比这更好玩的事了。

另一方面，本尊们执着于社会赋予自身的"真品"标签，不肯释手的心态，也与假冒者没什么两样。两者唯一的区别，大概仅在于本尊们拥有全然的底气，他们丝毫不去怀疑："万一我是个冒牌货呢？"与此同时，自然也没有任何被人揭穿假面的顾虑，及惊险万状的刺激感，世上还有比这更乏味的事吗？

关于"人"的问题暂放一边，诸君不妨再想想"物"的造假。

比如说，你在浑不知情当中，收下了一枚万元假钞。

假如你是个伪造假钞的惯犯，估计会兴奋地摩拳擦掌、跃跃欲试，誓言道：

"老子非把这张钱花出去不可！"

可你毕竟不是犯人，懵然不知自己手中持有假币，深信这张万元大钞的价值，大大方方地拿着它去买东西。至于收款方，估计也对你的态度不疑有他，把它当作真钞收了下来。

这枚假钞，原本只是张薄薄的纸片，顶多具有纸张本身的价值。但在社会通行的货币契约下，它却被赋予了"一万元"的交换价值。你是个无忧无虑的人，对这种契约从未有过一丝怀疑。换言之，你花的虽是假钞，却活在头脑中那个真实世界里。

万一收款方当场识破了你手中的假币，把它丢回你面前：

"不好意思，这张钱是假的。"

起先你会面红耳赤，禁不住怒上心头，但接下来的瞬间，却被恐惧紧紧揪住。你意识到，自己不知何时丢失了一张价值万元的真钞，同时，也生怕被人误解是伪造假钞的惯犯。

在此之前，一直面目友好的世界，骤然成了你的敌人。你原本深信的社会契约，顷刻间土崩瓦解。而你，明明既非伪币制造者，也并非出于故意而使用，却从一个货真价实世界，刹那间，跌落至假冒伪劣横行的地狱。

当然，你的无辜一旦得到澄清，便可光明正大地回归原有的清白身份，但曾经一度窥见的虚假世界，却在你心头烙下了挥之不去的恐惧。不知不觉间，你在无意识之中，体会到了从真实世界滑落出局的滋味。这是何其宝贵的体验！

赝品与假冒还有一重作用。那便是：将看似四平八稳的社会，看似牢不可摧的价值体系，彻底予以打破，搅得天翻地覆！因此赝品的大肆流行，可以说，是一场不流血的革命，是饱含微笑与幽默的革命。尽管它犹如泡沫，转瞬间便会消亡、覆灭……

四十七　"够味儿"与"够呛"

听说，气味呛鼻的味噌酱，算不得品质上等。由此可见，成天卖弄小说家姿态的小说家，或大摆政治家派头的政治家，也净是些缺乏真才实干，滥竽充数的货色。

我认识一位播音员，长期负责一档"街头采访"的节目。这哥们人倒不错，头疼的是，私底下说话也总爱拿腔捏调，一副播音口吻。每当他文绉绉地问我：

"话说，三岛君，可否冒昧请教……"

坏心眼的我，总会不由分说地抢白：

"喂喂，这又不是街头采访节目，别动不动把'话说话说'挂在嘴上，你又不是七老八十的老古董！"

碰他个一鼻子灰，模样实在可怜。

艺术家也是同理。昔日的艺术家，都必须具有艺术家的"做派"，即态度举止、仪容气质，都得"够味儿"。不过，"做派"与"做作"，"够味儿"与"够呛"之间，既大有区别，又常被混为一谈。身为军人，拥有军人风度，自然是天经地义，但若耍起军人的威风，那就叫人吃不消了。况且有时候，卖力地拿姿作态，自以为味道十足，殊不知一个弄巧成拙，就沦为了矫揉造作。

232

就连理发师，自然也得有理发师的规矩方圆。倘若被人议论，"一点理发师的样子也没有"，那基本可以断定，此人多半沉迷于赛车赌博，早已荒废了本职。

世间三百六十行，行行都是塑造人的"模具"。有时候，横竖嵌不进模具A的人，挪到模具B里，就可丁可卯、适材适所。通常来说，在尚未定型时进入某个行业，便能逐步适应其中的条条框框。换句话讲，会变得"有模有样""似模似样"。谁若被夸奖：

"你小子，挺有新闻记者的模样了嘛。"

此人心中想必滋味不错。

原本无拘无束的人，被嵌入某个模具，得到"塑形成功"的认可，为何竟由衷欢喜？细想来，这种心理固然不可思议，却也意味着：自己终于晋身为一名社会人，在社会里获得了安身立命的一隅。此外，欣喜中还伴随一种符合传统社会道德的满足感，如同"男人要有男子汉的魄力""女人该有女人的温柔""武士当有武士的铮铮铁骨"等。通常来说，人自幼年起便被大人教育，要竭力适配一些社会要求的行为准则，将之作为自己修身立德的目标。例如：

"宝啊，不可以哭哦，男儿有泪不轻弹。"

"中学生理当专心学业，安守中学生的本分。"

就算时代再怎样宣扬"红颜心比男儿烈，玫瑰铿锵分外香"，抑或"男人撒娇不是罪"，恐怕也不会有父母教育孩子：

"宝啊，你尽情哭好啦，男孩子娇滴滴也不要紧。"

"中学生不妨向大学生看齐，抽烟泡妞无所不能。"

也就是说：理发师不应去效仿新闻记者的举止，政治家也不该一副小说家的做派。

但另一方面，这套道德规范也存在某种风险：它使得人人过分拘泥于各自的职业身份，将其中的准则奉为金科玉律。这就如同多匹马儿拖曳着马车，分别向着不同的方向四散飞驰。比如，记者端起记者的臭架子，言谈间盛气凌人、语出不逊；军人则耀武扬威，一副顾盼自雄的模样，就连喝碗年糕小豆汤，也不忘摆出威风凛凛的姿态。到了这步田地，简直无异于相声段子或讽刺漫画一贯拿来奚落的笑料了。

当一个人的人格，彻底被其行业身份所支配，连日常的言行举止也受其摆布，变得惺惺作态时，也便离"够呛"不远了。正如气味蹿鼻的味噌酱，或是故作高深、装神弄鬼的和尚，叫人难以消受。

总有些女演员，素喜卖弄风情，不分时候场合地乱抛媚眼，以此展现她身为明星的性感。就连与人道别时，一句平平常常的"再见"，也要说得情意绵绵，仿佛含着万种弦外之音，害得对方自作多情起来。这种人，平日里说话也总操着一副念台词的口吻。比如，原本大大方方说一句"我不知道啊"就行了，她非要卖卖关子，扭怩地一唱三叹：

"这种事嘛……人家……怎么会晓得呀。"

结果尬得大家一阵犯恶心。

至今某些走怀旧路线的电影中，仍可见一身"文人气"的小说家角色——皱巴巴的和服，搭配一头蓬乱的长发，满脸疏于修剪的胡髭，面色灰败，双颊深陷，形容憔悴；只见他伏于案头，奋笔疾书，口中时不时发出几声长叹，方才写下一两字，便将稿纸揉成团丢向一边,尚未写完几页,又将稿纸扯下撕个粉碎,就这样写了撕,撕了写,同时一派懊恼地搔着脑壳,任由头皮屑如雪花般纷纷飘落。这年头,早就见不到这副德行的小说家了!

可惜呢,世上的万事万物,变得面目越来越单调、刻板、趋于雷同,大家全都同一副色彩、形象、腔调、款式,住着布局划一的房子,吃着口味单一的食物。于是,"装腔作势"反而渐渐产生了它的价值。

例如,泉镜花的小说中,常会出现打着官腔的巡警,一副老派的差人口吻,如此盘问:

"嗯哼,您叫葛木吧?这是姓吧?贵姓葛木,确凿无误吗?请问您大名是什么?"

"如果方便,劳烦阁下移步,随我往警局走一趟可好?不过,大概会有损您作为绅士的清誉。"

现如今,打着灯笼也难找到这种款式的警察了。倘若从街角走来一名满嘴之乎者也的巡警,那该多么有趣!

由此看来,现代社会里,"装腔作势"自有它显而易见的存在价值。例如井伏鳟二[1]的小说,成功捕捉到各行业人士的形神百态,对之进行了惟妙惟肖的刻画,旅店掌柜、古董铺老板……人物身上那副神气活现的劲头,哪怕寥寥几笔,也透出一股难以言喻的诙谐之感。

说到这里,为了投世人所好,索性我也改头换面,拿出点小说家的酸腐书生气,在廉价酒吧里,捉住陪酒女郎来一番激情

1　井伏鳟二(1898—1993):日本著名小说家,笔名由来于喜好钓鱼,曾获直木奖、野间文艺奖、读卖文学奖等。代表作:《山椒鱼》《今日停诊》《黑雨》等。

告白：

"你是我心中的圣女啊！你是波提切利笔下的玛利亚！浑身散发着圣洁妩媚的光辉！"

我有心说些肉麻的句子，可又面红耳热，羞于启齿，还未开口身上已滚过一阵恶寒。试问如今，还有哪位姑娘会被这套蹩脚的恭维话打动芳心呢？

自己的口臭，自己往往难以察觉。正因浑然不觉，才能全无意识地，不带一丝羞涩地，恣意挥洒自己那呛鼻的恶臭。这，正是"装模作样"的本质，也是诙谐喜感的原因所在。至于全靠披露心声、贩卖自我来讨生活的小说家，干的或许是天底下最难"装模作样"的营生。故而这份行当中，也隐藏着某种社会不安定因素。

在"个人风味"匮乏的现代社会里，装腔作势的习气，已逐渐蔓延到了其他领域。

我曾听一位朋友，如此形容他心仪的女子：

"那丫头，怎么说呢，跟个男人婆没两样，真叫人难以抗拒啊！"

说不定，要不了多久，也会有女孩揪住她的警察男朋友，如此告白：

"你这个人啊，怎么说呢，一副贼眉鼠眼的小偷样儿，我真是爱得要命。"

四十八　年轻，抑或青春

而今这年月，一提到"年轻"抑或"青春"二字，基本就是各色狂浪行为的统称。要么，暴走族深夜驾着机车，在大街上风驰电掣，任马达如雷声轰隆；要么，一群少男少女形同黑道混混，在各大避暑胜地打架滋事；要么，女孩身后浩浩荡荡，有十来个男朋友充任护花使者；要么，冲着摇滚歌手声嘶力竭地狂呼乱叫……

不过，经由成年人的视角去概括这些行为，往往存在种种误解。深泽七郎[1]曾在小说《东京的王子们》里，描写了乡村摇滚歌迷，坚决摒弃暴力行为的族群生态。这篇小说深刻呈现了少年人的心灵之美，堪称名作，大人们不妨拿来一读。

大抵而言，我对这样恣意飞扬的青春持赞同态度。但同时，也暗暗促狭地想：假如将少年人视作大敌的"贫穷"与"闲极无聊"，这两项青春本色彻底收缴，不知他们会是怎样一种面貌？"贫穷"二字若嫌夸张，不妨形容为只是"缺零花"或"手头紧"好

1　深泽七郎（1914—1987）：日本小说家。1956年发表短篇小说《楢山节考》，震动文坛。之后在1958及1983年，经导演木下惠介、今村昌平两度改编拍摄为同名电影，荣获第36届金棕榈奖。代表作：《风流梦谭》《笛吹川》《人间灭亡之歌》等。

了。倘若即刻从全国的少年人身上，抹掉这两项特质，尽管从年龄来讲并无任何改变，但关于"年轻"或"青春"的定义，想必将是另一种截然不同的叙述吧？

我试着回想自己的少年时代。记忆黯淡无光，净是些乏味枯燥的经历，未曾有过一个大放异彩的时刻。幸亏"贫穷"与"闲极无聊"这两样困扰，与我素来无缘。话虽如此，我绝非有钱人家的少爷，手头的零花也一向少得可怜。根本原因在于，当时兵荒马乱，拿着钱也没地方花：既没有款式新潮的毛衣，也没有摩登的皮夹克；没办法游山玩水、四处旅行，也绝少有大众娱乐；跳舞厅、咖啡店之类的消闲场所，统统不存在；街上也找不见餐厅饭馆，甚至十元寿司店的影子。能够随心购买的，唯有旧书而已。在当时的艰难景况下，我穷虽穷点，却也算不上吃过天大的苦。

其次关于"闲极无聊"这点。我身为一名肩负文学梦想的少年，每日放学便径直往家赶，沉迷于蹩脚小说的创作，心中抱定一个信念，"反正早晚要被抓去当兵，不如趁现在赶紧写下名垂青史的杰作"，根本没有发愁无处打发的空闲。何况当时外界也没什么娱乐消遣，不必担心遭受诱惑而心思涣散，所以我的少年时代里，不曾有过一刻"闲极无聊"的体验。

除此之外，唯有一件事，令我深切感慨："原来自己也曾是个青涩少年！"当年我一脸青春痘，看起来分外丑陋。我嫌弃自己这副乳臭未干的模样，言谈间总是拼命假扮老成。这也属于青春期的特质之一。如今，当我去各个高中做演讲时，若敢摆出一副深谙年轻人想法的姿态，卖弄道：

"诸君对暴走族和乡村摇滚族有什么看法？我个人对他们大

为赞赏……"

话音未落，台下必定一片骚动。我将遭到后生们的嘘声与群嘲：

"我们一向只听古典音乐！"

"玩飙车的那帮家伙，也太肤浅了！"

"本人正在读罗曼·罗兰[1]的书呢。"

"别以为高中生个个都吊儿郎当、玩世不恭，大人们总爱戴着有色眼镜看人！"

云云。

但我深知：少年人心底，时刻珍藏着另一个"自我"，只要给点勇气与机会，随时会对飙车或乡村摇滚如痴如醉。

毕竟，他们正处于羞耻心与虚荣心格外旺盛的年纪，不管是梦想成为暴走族，还是对飙车行为持反对态度，显然皆出于同一份虚荣心，及逞强好胜的竞争意识。而热爱飙车的暴走族，也把不知出自谁的一句话，奉为金科玉律：

"唯有速度飙至极限，方可将一切烦恼抛在身后。"

好吧，容我把话题再次扯回自己那可怜的青春时代。直到二十五岁以后，我才幡然醒悟：自己对青春的诠释，以及度过青春的方式，是彻头彻尾的错误。首先，全心全意投入生活才是要紧事。读书之类的，则应排在其次。年纪轻轻，大好年华，却埋首书斋与故纸为伴，简直大错特错。应当奔向蓝天下，尽情玩耍

1　罗曼·罗兰（Romain Rolland, 1866—1944）：法国著名人道主义作家、思想家、文学家、音乐评论家、社会活动家，1915年诺贝尔文学奖得主。代表作：《名人传》《约翰·克利斯朵夫》等。——编者注

游历……我决心，要将青春重活一遍！

不过，话说回来，这份"失而复得"的青春，不觉得有点假冒伪劣的嫌疑吗？世上何曾有卖什么"青春的后悔药"！青春从不存在"改过自新"的机会。可我狡猾就狡猾在，明知逝去的年华无以挽回，却偏要自我说服，也故意做给别人瞧：人生二度绽放的青春，才是货真价实的"原装正品"，自己只不过比人晚出发几步而已。再者，当时我自己赚的钱还算宽绰，不必再向父母伸手讨要零花，也学会了如何像普通人一样纵享青春年华。这才是真正意义上，不含一丝苦涩的、轻松愉悦的锦绣时光。直至有一年，终于迎来了巅峰的光鲜时刻。此刻，我眯起眼睛，遥想当年的自己。比起十几岁时的阴郁惨淡，我更珍爱那段五彩斑斓的岁月。与此同时，却也感到一丝良心的呵责。毕竟我内心深知，这是一场经由"作弊"，以弄虚作假的方式，赢回的青春。

近年来通过健身运动，我意外获得了不少机会，近距离接触、观察正值青春年少的未成年人。首先发现，他们最大的特点，便是"太多空闲"和"太少零花钱"。当然，这是个相对性的问题。在现今的花花世界，若想肆意寻欢作乐，纵有再多钱也谈不上"足够"。

少年人之间常有这样的对话：

"喂，好无聊啊！"

"嘁，找点乐子打发时间不就行了？"

"你吃饭没？"

"吃啦。"

"吃了就好。我约了三个小姐，七点钟在X咖啡店碰面。"

"啤酒一瓶一百五吧？小姐那份也算在内，两个人至少得花五百块吧？再加上小费……"

"算啦，那家店太贵了！"

"你的衬衫是在阿美横町买的吗？花了多少？"

"又要考试？以为可算熬出头了，又来？"

"干点啥子打发时间好呢？"

"这周六，把你的车借我用一下呗？"

"那小子，打麻将赢了我三千块啊，王八羔子！"

"唉，闲得发慌……"

大体来说，这样百无聊赖、浑浑噩噩的劲头，才是青春的真实样貌。

少年人把心目中最大的仇敌，"无聊"（闲得发慌）与"贫穷"（零花不够），不假思索地归咎为社会与政治的责任，却哪里知道，政治家早就准备好了一副有利的说辞：

"哦，大家当真闲得发愁吗？那好，干脆恢复以往的全民征兵制度吧！"

又或者：

"瞧瞧人家中共的青年在做什么！诸君也该用自己的双手来改革社会呀！"

而社会人士，对此现象又是什么态度呢？

我想起音乐剧《西区故事》[1]里有一段歌曲，以俏皮而嘲谑的

---

1 《西区故事》：1957年首演的百老汇著名音乐剧。1961年改编为同名歌舞电影。讲述了曼哈顿西部贫民区内两个族群帮派彼此仇视、势不两立的故事，以及其中诞生的爱情悲剧，从而触及了美国移民、治安、青少年犯罪、种族歧视等社会问题。

口吻，表达了年轻人对社会的抗议。一伙混迹街头的帮派小子唱道："我们的不良与堕落，压根不该由自己负责，怪就怪这万恶的社会。我们只是病了而已。患上了心理方面的病，一种社会学意义的病。"

而社会人士面对这番控诉，除了胆战心惊，手心捏一把冷汗，简直不知该如何应对。

不管怎样，我认同年轻人的迷惘苦闷，也赞成青春的飞扬跋扈。但前提是，少年们应当承认，自身才是一切问题的症结所在，而非社会或政治的过错。即使干掉了瘦瘪的钱包，与难以消磨的空虚时间，这场名为"青春"的病，也不会消失。关于这一点，我自己的惨淡青春，便是最好的例证。

四十九　应当尝试"交换情人"

　　早些年间，谷崎润一郎与佐藤春夫的"换妻事件"，曾经闹得沸沸扬扬、举世哗然。与当时相比，如今这年月，世态之纷乱、人心之复杂，又何止数倍，反倒甚少耳闻这类惊世骇俗之事。由此可见，现代社会表面虽混乱无序，大家实则安分守己，极少挑战伦理纲常，做那逾矩之事。犹如一只过期多日的糯米红豆饼，外边的酥皮虽已塌软，内馅依旧紧凑扎实。

　　不过年轻人之间，据说挺爱玩自由交换恋人的游戏。一些痞子混混，常会轮流享用对方的女友。这种做法由来已久，并非最近才有。而那些被数易其手的女孩，也多半脑子缺根弦，居然受宠若惊地想：自己为何这样有魅力，在一群男人面前这般抢手？事实若真如此，倒也可谓天下太平。

　　真正的爱情，是一场将自我和盘托出的近身交战。恋人的存在，是我们自身的一种投射，即"我"的外部镜像。因此，情侣之间往往难舍难分。与他人分享爱人这种念头，简直一分一秒也不会有。倘若真动了此念，最多只能像是把玩腻的玩具拿去和朋友交换，必须干脆、痛快，绝不能舍不得放手。

243

男人内心深处难以疗愈的感伤，便是总渴望一处属于自己停泊的港湾。当他踏遍千山万水，拖着倦怠的脚步回归故里，唯一能够令身心得到休憩的地方，便是家乡的那座避风港。正如昔日的民谣《椰子的果实》所唱：

> 夕阳入海遥相望，
> 远客思乡泪空垂。

　　这份奢侈的多愁善感，到了现代，不仅伤钱包，也越来越伤神费脑，最关键是，还会惹来额外的麻烦。现如今的年轻人，可不愿意把"正妻斗小三"的古老戏码，掺和到单身人士原本逍遥自在的恋爱中来。再说了，哪怕离家一个月，不，短短一星期，故乡的港湾就空空无人了，谁也不会苦苦守候你的归期。

　　可以说，现代的恋情，好比容易腐败变质的食物，转眼便失去了它的鲜度。犹如寿司，不趁着刚捏好立马享用，风味便会差之千里。何况你不抓紧机会往嘴里送，扭脸就会被别的客人饱了口福。

　　什么"男人心灵的根据地"，世上早已没有这样的地方。家庭？家里只有惹人心烦的老爹老妈，有事没事总爱摆活大道理的老哥老姐。如今的年轻人，谁没个常去消遣聚会的咖啡馆？可把这种地方称作心灵港湾，未免太不靠谱了点。明明连个精神的归依之处都觅不到，却梦想把自己的女友，视为心灵的故乡、码头或栖息地，这不过是早已过时的无病呻吟。

一个男人入狱服刑之前，他的情妇往往会在临别之际信誓旦旦：

"我会一生一世等着你。等你出狱的那一天。永远永远……"

其实在那样的气氛下，换作是谁估计都会说出相同的话。牢房保全了男人的贞操，使他无法再勾三搭四，而监狱外面的女人，只需以自由之身等待他归来即可。这对所有女人来讲，都是正中下怀之事。可惜年复一年，随着光阴流逝，女人们通常会把当初的山盟海誓忘得一干二净。

狱中的男人，却对那句誓言永远念念不忘。而当初发誓的女人，便是他归航的港湾，是心灵的根据地。怎奈这一切，终究是场美梦，必将遭受背叛。男人不得不承认，眼下他独守的方寸囹圄，才是自己真正的港湾，真正的根据地。

现代社会的男女关系，多数与上面的例子大同小异。假如人人认定，唯有孤独本身，才是自己最终归航的故乡港湾，那么交换情人，也就算不上什么难事了。

自古便有谚语说："邻家的草坪更绿。"菊池宽[1]的戏剧中，也有类似的台词，描述剧中人坐在草坪上，不停从一处换到另一处，总觉得旁边的草地更青葱、更漂亮，坐起来大约更舒服。谁知换来换去才发现，草坪就是草坪，哪里都一样。

世上有一种人，总觊觎哥们的女朋友。这类家伙，最适合玩

1　菊池宽（1888—1948）：日本小说家、剧作家、记者，创办了著名的文学期刊《文艺春秋》，及日本两大文学奖"芥川赏"与"直木赏"。代表作：《珍珠夫人》《不记恩仇》等。

情人交换的游戏。他不渴求心灵的归依之所，目光在各个地方顾盼、流连，不断物色新鲜的玩意、新奇的事物；他忠实奉行"性爱至上"的原则，从不回首过往，或对已逝之物恋恋不舍，也绝不无故寻愁觅恨。

纯粹"性爱至上"的本质，便是以承认自身的孤独为前提，其终极表现是花花公子唐璜，而它的过渡形态，我认为则要属情人交换。

日本的"出轨"概念，与它相去不远。所谓出轨，意味着先得有一处安营扎寨的基地，一处可依傍的口岸。必须存在一个终将返回的归属地，在此基础上，才能区别于以往，朝着新方向动身，或出手获取新东西。这，才成其为"出轨"。而出轨时奉行的"性爱至上"原则，是隐晦不宣、不透明，且不健全的。在日本，电影也好，小说也罢，凡以性爱情节为卖点的作品，都免不了透出一种偷窥癖式的病态趣味，皆是基于传统的"出轨"观念产生的心理诉求。

读几本江户时代的言情小说便可知一二：日本人的男欢女爱，本质而言，都是夫妻关系的一种翻版。处处留情、招蜂引蝶的花花公子，常遭到唾骂，被称作"扫帚"。日本人有一种普遍的感性心理，哪怕置身一段恋情之中，往往也不懈渴求着精神寄托的港湾，而唯一的出路，是不断向外探索、寻觅，最终变成了"出轨"。

法国电影新浪潮的先锋之作《表兄弟》[1]，生动描绘了一个女

1　《表兄弟》（*Les cousins*，1959年）：导演克洛德·夏布洛尔的成名作，曾获第9届柏林电影节金熊奖。

孩，与男友的表弟发生了肉体之欢，便二话不说搬进了两兄弟的公寓，与二人开始了同居生活。最终，当恋情逝去，她又当即抽身而退，从住所搬了出去。随后，当她收到对方发来的派对邀请时，又施施然前往赴约。这个女孩，当真是快刀斩乱麻，拿得起放得下。她满不在乎地同精神所爱的男人，及肉体所爱的男人共居一室，可见忠实奉行"性爱至上"的原则，也对自身的孤独了然于心。这段由孤独出发，以孤独告终的恋情，全程干净利落，毫不拖泥带水，实在令人钦佩。

可是，假如异性对自己仅有心灵层面的依恋，而对肉体缺乏兴趣时，则将引来一场悲剧。毕竟，一个人总有肉体方面的欲求，是个无可奈何的事实。纪德的小说《窄门》中，女主角阿莉莎的烦恼，便来自一份彻底禁绝了肉欲的理念之爱；而电影《表兄弟》描绘的则是，只被女孩索求肉体之欢的青年，在精神上的困顿与失意。恋爱当中，我们很难左右对方的意愿。仔细想想，这个问题委实令人困惑。假如，对方决意只付出精神之爱，而我们偏偏渴慕对方的肉体，那么彼此的心思，就怎么也拿捏不到一块儿。

《表兄弟》中，进城投奔表哥的外省青年，被迫深陷无望的爱意，最终以一种孩子气的拙劣方式，走上了致命的绝路。平心而论，双方的诉求若难以匹配，就该当机立断，马上调换对象，这才是圆满的解决之道。乡下来的表弟，若能找到一个只满足于肉体游戏的女孩，并在真心爱慕的女孩面前，故意炫耀这份关系，估计反而能激发她的醋意，从而使她爱上自己。

提到青春期的恋爱，有一项共同特征便是：精神与肉体的割裂。若想摆脱这份困扰，只需变换情侣的搭配组合即可：把渴望精神恋爱的男女，及迷恋肉体享乐的男女，分别配成一对。这才是问题的最优解。其实仔细想想，恋爱就像一场纸牌游戏，除此之外，不会再有什么更了不得的价值。交换情人的游戏，在现代心理卫生学的意义上，没准儿还是一项重大发现呢。

五十　虎头蛇尾，意味前功尽弃

常言道："结局好，则样样好。"可惜，这话拿来形容不道德教育讲座，却难说恰如其分。开讲之初，分明设好了"不道德"的教育路线，貌似敝人发挥得不错。哪料到临近尾声，才发现竟然反其道而行，不慎办成了"道德讲座"。由此看来，我确实继承了曾外祖父的衣钵。小时候，我常挖苦教授孔子《论语》的他：

"曾姥爷，你只读《论语》，却不懂《论语》啊。"

然而，若问我是否"未读《论语》而知《论语》"，倒也不然。

大抵而言，日本不像西方，有严苛到不近人情的道德禁律。日本人本质来讲类似于植物，如今，却大开国门，学习西方"动物世界"的法则。然而，充满血腥气息的动物王国里，由动物制定的律法与禁令，生搬硬套在植物身上，却只会水土不服。就算训诫一株植物，"切勿以利爪杀害柔弱的兔子"，首先，植物并未长爪子，其次，谁又听说过一颗卷心菜，有本事杀掉兔子呢？此时，纵有像我这般热衷于捣蛋作乱的家伙，开课讲授"如何以利爪杀死兔子"，办不到的事情终究还是办不到，不管是勒令植物"不许杀"，还是教唆"杀了它"，众所周知，结果都是一样的。

然而，现代日本社会中，诞生了形形色色的新奇物种。不仅出现了食肉植物，还孕育出植物与动物的各类杂交品种，以及大量无法分辨究竟属于植物还是动物的霉菌或病原体。最终，在这繁多的物种之中，甚至真会冒出基因突变的异形生物。例如，热爱飙车的暴走族，别看气势汹汹，本质其实仍是植物，形同于一颗驾着摩托车疾骋街头的卷心菜。但他们胯下的座驾，却并非温驯的小白兔，而是随时能取人性命的杀器。

把暴走族和古时候的武士做个比较，结果会相当有趣。无论摩托车，或是武士刀，从作用来讲，都无异于杀人凶器。对此是否有清醒的自知，则体现出两个族群的差异。昔日武士深知手中利刃是以人命为食的凶物，遂能心安理得地，将嗜血的杀意悉数托付刀尖之上，其本人却修身养性，坦然投身于植物性道德的提升。民间之所以出现"妖刀村正自行斩人"[1]的传说，这正是缘由所在。在这类奇谭异志里，持刀者是无须为杀人负任何责任的。

反之，现代人无论暴走族、惹是生非的街边仔，抑或无故刺伤路人大腿的随机犯……都无法将自身的杀意与罪责，安然推脱给手中的工具。我对重整军备政策一向持否定立场，但话说回来，就算我个人对政府扩军投下赞同票，吾国便能名正言顺地，将自身的杀意推卸给原子弹，或更具象征意义的、发射氢弹时那枚冰冷不起眼的白色按钮吗？自纳粹时代以来，一个最大特点便是：杀意与杀戮行为之间，几乎已不存在任何必然的关联了。

---

1 妖刀村正：日本室町至江户年间伊势国著名的刀匠一族，凡此家族铸造的日本刀，皆名为"村正"。战国至幕府末期，因德川家族多人或死或伤于村正刀下，德川家康遂下达禁刀令，使"妖刀""邪刀"的称号逐渐泛化，民间亦流传出无数"妖刀村正自行斩人"的奇谭。

此外，我相信植物亦有杀意。而它们的杀意，只怕比动物更阴狠、藏得更深、更为巨大且炽烈。关于这一点，标榜植物性道德的人，想必也心知肚明。正如前文提到的，现代日本社会中，各类新奇物种层出不穷，其结果是：植物性的道德早已捉襟见肘，不足以应付千奇百怪的陌生状况了。于是，那些头脑贫乏的官员与教师，企图设立五花八门的新道德。可惜，他们尝试约束的对象，要么"全无杀意"，要么"对杀意全无自知"，新道德压根找不到用武之地。到了这一地步，就连天皇颁布的《军人敕谕》[1]，这种原本立足于杀意之上的、植物性道德的最后一抹余晖，也泯灭了昔日的光亮，无法再度焕发生命。

基督教之所以拥有强大的影响力，显然是殉教者的功劳。换言之，是迫害信徒，以"信徒之死"积累出来的道德资本。

那么，时至今日，是否果真如大江健三郎所言，"唯有自杀方才是道德的"？诚然，现代社会的犯罪行为，本质都与自杀无异。且现代的杀意，究其根本，也都可以归结为"对自身的杀意"。当然，早在古希腊时期，人类就已发展出了关于自杀的哲学。

然而，大概是我胆子太小吧，对这套思想始终难以赞同。倘若真豁得出去走自杀这条路，倒不如选择杀人要么被杀来得明智。毕竟，这正是他人，以及这个世界存在的道理。人活一世所需面对的一切关系，父母、子女、兄弟、姐妹、夫妇、恋人、朋友……说到底，无不潜藏着杀意。关键在于，要对这份杀意抱有清醒的认知。自杀的终极形态，大约是地球上的其他人类一律死绝了，

只剩下自己孤身一人，迫于无奈，只得选择自行了断。除此以外，哪怕世上仅有另一人存在，也有办法做到杀人或被杀。或者说，这不但是活在世间的幸福，更是意义之所在。以上，便是我为诸君奉上的一份"不道德"训谕。

回顾以往各期"不道德教育讲座"，不但罗列了"恶"的诸般形状，或"近似于恶"的思想行为，更描摹了形形色色的"恶徒"，或"近似恶徒"的人。这与报纸的社会版并无不同。毕竟，人总对猎奇逐臭兴致勃勃，也更易被丑闻恶事吸引眼球。只要人性不改，对恶的关注便在所难免。电车里，瞧见一位可爱的女学生，正津津有味捧读一本十五个人相继惨遭杀害的推理小说，有谁不感到毛骨悚然？然而，麻烦在于，邪恶的事物为何总显得格外迷人呢？

不过，姑且可以安心的是，恶之所以看似美丽，皆因我们与它相距遥远。假如沉沦于恶的渊薮，在我们眼中，它绝不可能美妙动人。邪恶呈现出绮丽的幻象，或许是诸神降临在即，对我们施以救赎的前兆。随着一个人内在的成长进步，身边会陆续出现各种牛鬼蛇神、邪魔妖孽，前来考验和试探。它们不会轻易暴露丑恶的真实面目，唯有戴上鉴别真善美的神奇眼镜，方能看穿真相。就好比孩子们热爱的奇妙魔法书，阅读时须戴上红绿相间的有色滤镜，书页上原本模糊的轮廓，方能清晰地浮现。这样讲，绝非我信口开河，而是引用古罗马哲学家普罗提诺[1]的学说，并从我个人角度给予了诠释。

1　普罗提诺（Plotinus，204—270）：新柏拉图主义最著名的哲学家，被认为是新柏拉图主义之父。

眼看告别的时刻即将来临，夜晚的街头回荡起阵阵"爱的钟声"，仿佛在催促流连的路人"快快回家!"时辰已到，诸君也该从昏暗的小酒馆里站起身，回到您明亮温馨的家了。

我这间以"不道德"著称的酒馆，端出的每一杯鸡尾酒，都有骇人听闻的名字。但敝人叫卖的，绝不是假酒劣酒。毕竟从未收到过投诉，痛陈小店的酒水害顾客失明，可见当中千真万确并未掺有甲醇。不过，有一点需要提醒诸位：纵然是居心良善的好酒，也可经由调酒师的高超技艺，调配出恶魔般的醉人滋味。

说到这里，我也困了，小店也该打烊了。接下来，我要独自呷摸两杯甲醇勾兑的烈酒。与诸位不同，敝人的眼睛，无须担心会因一点甲醇成分而造成失明。

诸位，晚安。

图书在版编目（CIP）数据

美德与恶德/（日）三岛由纪夫著；匡轶歌译 . 一上海：上海三联书店，2023.3
ISBN 978-7-5426-8018-1

I.①美… II.①三…②匡… III.①散文集—日本—现代 IV.① I313.65

中国国家版本馆 CIP 数据核字（2023）第 067447 号

美德与恶德

著　　者 / [日]三岛由纪夫	
译　　者 / 匡轶歌	

责任编辑 / 张静乔
策划机构 / 雅众文化
策 划 人 / 方雨辰
特约编辑 / 马济园　王　乐
装帧设计 / 汐　和 at compus studio
监　　制 / 姚　军
责任校对 / 王凌霄

出版发行 / 上海三联书店
（200030）中国上海市漕溪北路 331 号 A 座 6 楼
邮购电话 / 021-22895540
印　　刷 / 山东临沂新华印刷物流集团有限责任公司
版　　次 / 2023 年 8 月第 1 版
印　　次 / 2023 年 8 月第 1 次印刷
开　　本 / 1092mm×787mm　1/32
字　　数 / 160 千字
印　　张 / 8.25
书　　号 / ISBN 978-7-5426-8018-1/I·1807
定　　价 / 58.00 元

敬启读者，如发现本书有印装质量问题，请与印刷厂联系 0539-2925659